取り憑かれた公爵令嬢　1

登場人物紹介
ティナ
（ティナ・ブレイハ）
リリアと同じ学園に通う男爵令嬢。クロード王子の想い人。
さくら
リリアのもとに突然現れた謎の少女。自らを「リリアを助けにきた天使ちゃん」と称し、リリアの未来を知っているようだが!?
リリア
（リリアーヌ・アルディス）
家の権力を笠に着て、ワガママ放題に生きてきた公爵令嬢。さくらの助言をもとに改心することに決めたが……。

クロード
（クロード・エルリアス）
王子。リリアの元婚約者でクラスメイト。
クリス
（クリステル・アグニス）
リリアのクラスメイトで、幼馴染の侯爵令嬢。
アリサ
（アリサ・フィリス）
リリア付きのメイド。リリアの協力者でもある。
レイ
リリアの後輩で勉強仲間。

目次

プロローグ

華美な装飾品が並ぶ広い部屋。その部屋には多くの調度品が並ぶ。これはすべて、この部屋の主《あるじ》がほとんど無理やり集めたものだ。人を騙《だま》して、己《おのれ》の立場を振りかざし、時には父の権力に物を言わせて集めたものがこの部屋には並んでいる。

その部屋の隅、大きなテーブルで白いカップを傾けている者がこの部屋の主だ。腰まで届く長い金髪を真っ直ぐに下ろし、赤色の豪華なドレスを着た少女。年の頃は十代前半とまだ幼く見えるが、鋭さを感じる顔つきをしている。少女の側《そば》にはメイドが二人控えており、両者ともに硬い表情をしていた。

少女はカップの紅茶を半分ほど飲み終えてから、勢いよく立ち上がった。その勢いのままカップをメイドの一人へと投げつける。投げつけられたメイドが小さく悲鳴を上げて尻餅《しりもち》をついた。

「まずい。作り直しなさい」

少女の言葉に、メイドはすぐに立ち上がると畏《かしこ》まりましたと頭を下げた。そのメイドの頭を、少女が思いきり平手で叩《たた》く。唖然《あぜん》とするメイドに、少女が言う。

「まずは謝罪が先ではないの？　こんなにまずい紅茶を私に飲ませたのよ」

「はい……。申し訳ございませんでした」

メイドは文句を言うこともなく深く頭を下げて謝罪した。メイドたちは知っている。この少女には何を言っても、たとえ正論を言っても聞き入れてもらえないと。少女は鼻を鳴らすと、椅子《いす》に座り直した。

しばらく待つと、新しい紅茶が用意され、少女の前に差し出される。少女はそれを手に取ると、早速口をつけ、顔をしかめた。

メイドが息を呑み、わずかに身構える。しかし少女は今度は何もせず、静かに飲み続ける。メイドは安堵《あんど》の吐息をつくと、そっと後ろに下がった。

「さて……。行きましょうか」

紅茶を飲み終えて満足したのか、少女がゆっくりと立ち上がる。この後の予定を知っているメイドたちはすぐに準備を始めた。少女は何も気にせず、扉へと歩く。そうして扉から出ると、この屋敷のメイド長が待ち構えていた。メイド長の隣にはもう一人、茶色の髪のまだ幼いメイドもいた。メイド長は無表情だが、幼いメイドは少し青ざめているようだった。

「案内しなさい」

少女が冷たい声で言うと、メイド長は恭《うやうや》しく頭を下げた。

「畏まりました」

そうして歩き始めたメイド長に続き、少女も歩く。

案内された部屋は、一階の小さな部屋だった。テーブルとソファがある部屋で、主に商談などで使われる部屋だ。その部屋の中には、恰幅《かっぷく》の良い中年ほどに見える男と、少女と同年代だと思われる赤毛の女の子もいた。

「見せてもらいましょうか」

少女が言うと、畏まりましたと男が頷《うなず》き、女の子がテーブルに装飾品を並べていく。この親子は昨日、装飾品を売り込みに来た商人だ。それも母にではなく、少女に対して。少女には懇意《こんい》にしている商人はいないので、ぜひとも自分をと売り込んできていた。家族が言うには、国の許可を持ってこの貴族街に訪れている商人なので信用はできるそうだ。

並べられていく装飾品を見ていたが、少女は小さくため息をついて手を振った。

「いらない」

少女の短い言葉に、親子は肩を落とした。親子はすぐに商品を片付け始める。その様子をしばらく見た後、少女は女の子へと言った。

「貴方《あなた》の髪飾り、きれいね。それが欲しいわ」

女の子が驚きに目を瞠《みは》り、そして顔を青ざめさせた。助けを求めるように男を見て、しかし男は首を振った。

この国の者なら、貴族に逆らうことなどまずしない。上級貴族とされる者たちには民を罰する権利があるためだ。下手なことをしてしまえば殺されるおそれもある。

ただしそれは貴族本人の権利であり、家族にはない。だが貴族の家族に逆らえば、後に罰せられる可能性もある。故に、少女のような子供であっても油断はできない。

何よりも。少女は公爵家の令嬢だ。公爵家を敵に回せば、まず間違いなく死が待っている。

「それが、欲しいわ」

少女がもう一度言うと、女の子は泣きそうにしながらも自分の髪飾りを外し、テーブルに置いた。メイドが一度それを手に取り、何かを確認するように調べてから少女へと手渡した。

「ふうん……。汚いわね。でも、まあいいわ」

メイド長へと目をやると、彼女は商人へ金貨を一枚差し出した。商人は曖昧《あいまい》な笑顔を浮かべながらもそれを受け取り、懐《ふところ》に収めた。

「あ、あの！」

女の子の声。少女が女の子を見ると、泣きそうな瞳《ひとみ》で少女を見つめていた。隣では男が蒼白《そうはく》になっている。王や貴族本人の許可がない限り、平民が上級貴族に声をかけるなどしてはならないことだ。女の子もそれは分かっているだろうが、どうしても言いたいことがあるのかもしれない。少し興味を覚え、女の子の言葉を待つ。

「それは、お母様から頂いた大切なものなのです。その……。大事に、使ってください」

それを聞いた少女は口角を持ち上げた。周囲のメイドは何かを言いたそうにしているが、しかし何も言えずに目を逸《そ》らした。

「ええ。大事にするわ」

そう言って、髪飾りを床に落とし、踏みつぶした。

商人が目を瞠り、女の子が呆然《ぼうぜん》とする。少女は酷薄な笑顔を見せて、もう一度、髪飾りを踏みつけた。

「これでいいかしら？」

少女がくすくすと笑いながら言うと、女の子は唖然としたまま少女へと言った。

「ど、どうして……」

「どうして？　意味なんかないわよ。ただこうすれば、面白そうだと思っただけ」

予想通り面白かったわ。少女は楽しげな声でそう言うと、踵《きびす》を返した。俯《うつむ》き震える男とその場に立ち尽くす女の子が残され、メイド長は小さくため息をついた。

――予想以上にひどいね。

どこかで誰かが呟《つぶや》いた声が聞こえたような気がした。

翌朝。朝食を済ませた少女が自室に戻ると、頭の中で声が響いた。

――はろーおはようこんばんは。初めまして、リリア。

リリアと呼ばれた少女が目を剥《む》き、周囲に視線を走らせる。しかし今はメイドすら側におらず、声の主は誰も見えない。

――探してもいないよ。私は貴方の心にいるからね。

まったくもって意味が分からない。リリアは怒りのままに叫んだ。

「どこにいるのよ！　誰よ貴方！」

――だから貴方の心にだってば。誰かと聞かれたら、そうだね……。貴方の心に取《と》り憑《つ》いた天使ちゃんです！　さあ、ありがたがれ！

「頭がおかしいことは分かったわ。いいから出てきなさい」

――ぐさっときたよ。言葉は選ぼうよ。あと何度も言うけど、心の中にいるんだってば。

リリアは小さく舌打ちすると、部屋の中央にあるテーブルに向かう。そのテーブルには幾何学的な模様が刻み込まれている。その模様に手を触れると、すぐに扉が開き、使用人たちが集まってきた。この模様に手を触れると、外の壁に刻み込まれた同じ模様も光るようになっている。それが光れば部屋に来いという合図だ。

リリアの前に並ぶ使用人たちへと、厳しい声音《こわね》で言った。

「どこかに誰かが隠れているわ。探しなさい」

誰もが驚き、目を瞠る。詳《くわ》しいことを聞いてくる者たちに、

――無駄だよ。

「この声よ。すぐに探しなさい」

だが使用人たちは誰もが首を傾《かし》げた。まるで聞こえていないとでも言うように。

――事実聞こえてないからね。私の声は貴方だけにしか聞こえないよ。

本当に聞こえていないらしく、使用人たちは恐縮しながら首を傾げるばかりだ。リリアは大きく目を見開き、そして舌打ちして手を振り、使用人たちを追い出した。

――だめだよ、そんな態度。ちゃんと優しくしようよ。

「うるさいわよ！」

それが、始まりだった。


どこに行っても、何をしても、声は聞こえ続けた。あれをするな、これもするな、言い方がひどい、など言いたい放題だ。反論しても言い返され、無理やり黙らせようと思っても手段がない。どうにもできず、声ばかりが聞こえ続けた。

その日の夜。リリアは自室のテーブルに突っ伏していた。疲れ切った表情で、ぶつぶつと独り言を呟いている。どうしてこんなことに、本当にうるさい、といった言葉が続いていた。

――まあまあ、落ち着きなよ。

今もまだ声は続いている。リリアが返事をせずにいると、

――ねえ、無視しないでよ、リリア。

リリアは目を見開き、勢いよく立ち上がった。

「いい加減うるさいのよ！　これはだめ、あれもだめって！　あんたに命じられる筋合いはないわよ！」

――いやいや、命じてないよ？　忠告だよ。

その声は、リリアがどれだけ怒っても調子を崩すことはなかった。それどころかどこか楽しげですらある。

「だいたい、忠告って何のことよ。それがまず意味が分からないわ」

――おお、やっと聞いてくれる気になったの？　このままだと、リリアは破滅しちゃう。没落しちゃうの。私はそれを防ぐために、貴方を助けるために来たんだよ。

「はっ！　没落？　笑わせないでほしいわね。私は何も悪いことはしていないでしょう。それに、公爵家がそう簡単に潰《つぶ》されると思っているの？」

彼女はこの公爵家の長女だ。王家と家族を除く誰もが自分の顔色を窺《うかが》う。少なくとも同年代なら王子に次ぐ権力者だ。

そんな自分が、公爵家が没落するなど考えられない。

「だいたい、どうして貴方にそんなことが分かるのよ」

――どうして？　えっと……。私は天使なのです、未来が見えるのです。ありがたがれ。

「さてと、明日は何しようかしら」

――無視はひどいよ！　確かに天使ではないけど、でも未来はちょっとだけ分かるよ。

ずっと飄々《ひょうひょう》としていた声だったが、その一言だけは真剣味を帯びていた。リリアは内心で驚きながらも、それを表情にはおくびにも出さずに言葉を紡《つむ》ぐ。

「それだけ言うなら、何か予言してみせなさい。それが当たれば、そうね。貴方の言うことを信用してあげるわ」

絶対に無理だとリリアは断言できる。この声は得体《えたい》が知れないが、それでも予知ができるようなやつではないだろう。だが声は、リリアの言葉に嬉《うれ》しそうに笑った。

――本当？　約束だよ。それじゃあね……。

声は何かを考えているのか、少しだけ黙り込んだ。ようやく訪れた静かな時間に小さく吐息を漏《も》らす。そのまま待っていると、やがて声が言った。

――それじゃあ、二年後の予知。時期は春先、かな。

「ずいぶんと先ね。言っておくけど、あの時はこう言った、というのは認めないわよ」

――うん。いいよ。だって、間違えようがないから。

そこまで言うほどのことが、二年後に起きるのか。リリアは純粋にその内容が気になり、続きの言葉を待つ。声は咳払《せきばら》いをすると、言った。

――二年後の春。上級学校に入学後、王子の逆鱗《げきりん》に触れてしまい、嫌われてしまうでしょう。

「な……っ！」

リリアが大きく目を見開く。この国に王子は一人しかおらず、リリアの婚約者でもある。その王子から嫌われてしまうなど、どういうことか。

「言っていいことと悪いことがあるわよ……」

リリアが声に怒気《どき》を込める。だが頭に響く声には通用せず、やはりどこか楽しげだ。

——分かってるよ、そんなこと。リリアにとっては当たらない方がいいんだし、怒る必要はないよね？

確かに、とリリアは思う。この予言は当たらないと自信を持って言える。そして当たらなければ、この声はきっといなくなるだろう。リリアは分かったと頷いた。

「それじゃあ結果が分かるまで黙っていなさい。いいわね？」

——ええ、寂しいよ……。でも、うん。そうだね。私の言葉を気にしすぎて流れを回避されても困るし、黙っておくね。

その言い方に、少しだけ引っかかるものを覚えた。しかしその違和感を気にすることはせずに、続ける。

「それじゃあ、さようなら。もう二度と出てこないでよ」

——ひどいなあ。うん、分かってるよ。さようなら。また二年後にお話ししましょう。

リリアが不愉快そうに顔をしかめると、声は笑い声を上げて、そして聞こえなくなった。

その後、一日中聞こえ続けた不可解な声はいっさい聞こえなくなった。しばらくは声の予言を気にしていたが、一ヶ月もするとそんな声があったことすら忘れていた。

そして二年後の春。

リリアは王子から婚約破棄を言い渡された。

二学年前学期

広い部屋に華美なベッドや家具がある。どれ一つ取っても、最高級な品であることが分かる。それは装飾品というわけではなく、この部屋の主が実際に使用しているものだ。床に敷かれている絨毯《じゅうたん》ですら、いくらするのか想像もできない高級品。

庶民なら誰もが羨《うらや》むだろうその部屋のベッドに、少女が頭を抱えて座っていた。どうして、なんで、という言葉ばかりが小さな声で繰り返されている。その顔は絶望に染まり、目元にはくっきりと隈《くま》が浮かんでいた。彼女の自慢の長い金髪は、手入れをしていないことが分かる有様となっている。

彼女の想い人《おもびと》はこの国の王子で、婚約者でもある。その王子が気にかけている少女がいると聞いて、彼女は自身も通う貴族の学園でその少女を見に行った。儚《はかな》げな印象を持つ、物静かな少女だ。王子があんな女を気に入るはずがない、と鼻で笑おうとしたが、彼女の目の前で王子は少女に話しかけていた。それも、彼女が見たこともないほどの満面の笑顔で。

それから彼女は、少女に対して嫌がらせを行うようになった。少女は抵抗せずに、彼女とその取り巻きによる執拗《しつよう》な嫌がらせに耐えていた。彼女の立場故に、誰も助けようとはしなかった。王子なら助けることもできただろうが、彼女は王子の目にだけは触れないように立ち回っていた。

ただ、いつまでもそんなことが続くわけがない。王子に嫌がらせの現場を、しかも彼女が自ら手を出したところをはっきりと見られた。王子は当然ながら激怒し、彼女を責め立て、そして言い放った。

——私はお前とはもう関わらない。父上に進言して、婚約の話も白紙に戻してもらおう。

彼女は絶望した。王子の足下にすがりつき、何度も謝罪を口にした。思えばその時が、最初で最後の挽回《ばんかい》の機会だったのかもしれない。

——謝る相手が違うだろう。

王子はそれだけ言い残すと、彼女の手を振り払い、少女を連れてその場を立ち去っていった。

それが一週間前のことだ。それ以来、彼女はずっと屋敷の自室に閉じこもっている。

意味もなく流れていく時間。何かをしなければと思うが、どうすることもできない。少女にはもう、何かをする気力というものがなくなっていた。

今日も無駄な一日が終わる。夜も更《ふ》けたところで、少女はそんなことを頭の片隅で考え、そして、

——はろーおはようこんばんは。お久しぶり、リリア。

突然頭に響いた声に、リリアと呼ばれた少女は勢いよく顔を上げた。周囲を見てみるが、誰もいない。静まりかえった自分の部屋だ。

——あはは。どこを探しているの？

若い女の声に、リリアは二年前の出来事を思い出していた。以前も聞いた同じ声。そして、王子の逆鱗に触れるだろうと予言したあの声を。

「どこにいるの……？」

——私はここにいるけどここにいない。私は貴方の心の側に！　貴方に幸せを運ぶために遣《つか》わさ

れた天使ちゃんです！

「私を笑いにきたの？」

――ありゃりゃ、ご機嫌斜め。まあでも、仕方ないかな。ごめんね、変なテンションで。

最後の方は本当に落ち込んだような、しょんぼりとした声だった。その落差にリリアはわずかに笑みを浮かべる。落ち込むなら最初からしなければいいのに、と思いながら口を開く。

「貴方の予言の通りになったわね。あの時に貴方の言葉をちゃんと聞いていたら、この事態を回避できたのかしら？」

――意味のない仮定だね。あの時の貴方は私の言葉を聞くつもりがなかった。だからこれは必要な過程だったんだよ。

「貴方を信じる代償があまりにも大きいわね……」

リリアが重いため息をついた。反応に困っているのか、声はしばらく聞こえなかった。

しばらく静かな時間が流れ、もういなくなったのかなとリリアが不安に思うと、

――ごめんね、私じゃ気の利いたことは言えないよ。

悲しげなその声に、リリアは少しだけ目を見開いた。もとより自分の自業自得《じごうじとく》なのに、何を気にしているのだろうか。

――リリア。私は貴方を助けたい。だから少し、私の話を聞いてくれないかな？

その声に、リリアは苦笑と共に頷いた。

「もともとその約束だったじゃないの。貴方の言葉は全面的に信じるわ。でも、こんな私を助けられるの？　殿下と……クロード様と仲直りができるの？」

――えっと。その質問の答えの代わりに、また一つ予言をいいかな。

リリアは訝《いぶか》しげに目を細めながら、どうぞ、と続きを促した。

――ではでは……。こほん。貴方は一週間、落ち込みました。この後の一週間、考えます。何を間違ったのか、どうすればいいのか、と。そして貴方は結論を出します。自分は何も悪くはない、と。悪いのは周囲の方だと。

「なっ……！　いくら私でもそんな……！」

――うん。冷静になってる今だからそう言えるんだよ。続きね。貴方は学園に戻ります。普段通りに、普段以上に周囲を振り回します。その結果……。

声がそこで言葉を止める。リリアは生唾《なまつば》を呑み込み、続きを待つ。

――貴方は王子どころか王の、国の逆鱗に触れるでしょう。そうなれば、公爵家といえどもただでは済みません。爵位を剥奪《はくだつ》され、貴方の家族は平民の世界へと投げ出されます。

なんだそれは、と思う。確かにこの国の王にはそれだけの権限があるが、実際に爵位が剥奪された公爵など存在しない。しない、はずだ。

――さあ、想像して、リリア。ずっと上級貴族として生きてきた貴方の家族が、突然平民の世界に放り出されるところを。……って、想像できないか。

声の言う通り、リリアも平民がどんな暮らしをしているのか分からない。ただ、今みたいな贅沢《ぜいたく》は間違いなくできないだろう。この生活に慣れきった家族では、耐えられないはずだ。もしかすると、絶望して自殺してしまうかもしれない。

そこまで考えて、ふとリリアは疑問に思った。今のはリリアの家族の話であり、なぜリリア本人には触れないのだろう、と。それを察したのだろう、声は楽しげな、けれど悲しげな不思議な声で言った。

――貴方自身のことは気にしなくていいよ。だって、処刑されるから。

それを聞いて、頭が真っ白になった。処刑される？　誰が？　私が？　どうして？

――何をしたのか、は黙っておくね。知る必要もないから。

顔面蒼白になったリリアをいたわるような、優しい声音だった。

――さて、リリア。本題だよ。私は貴方を死なせるつもりはないよ。貴方が道を踏み外さないように、貴方に助言を与えてあげる。ただ、私も人生経験が豊かってわけでもないから、一緒に考えていくことになるだろうけど……。どうかな、リリア。

リリアは少し考えて、そしてすぐに結論を出した。

「お願い……助けて……」

消え入りそうな、弱々しい声。リリアのその声を聞いて、

――うん……。任せて、リリア！　助けてあげる！

力強いその声に、リリアは静かに涙をこぼした。

翌日。あの後、リリアは安堵したためか、いつの間にか意識を手放していた。起きて窓の外を見ると、朝日の光が差し込んでいた。まさか夢だったのか、とまた落ち込みそうになったところで、

――おはよう、リリア。

その声に、何気ない朝の挨拶《あいさつ》に、リリアは心の底から安堵した。

「おはよう。そう言えば私、貴方の名前を聞いてないわ」

──え？　ああ、名前か……。さくら、でいいよ。

「さくらね。分かったわ。それで、私はまずどうしたらいいの？」

──うん。廊下に出て、朝の挨拶！　まずはメイドの皆さんにだね！

リリアは目を丸くして、そしてすぐに不愉快そうに眉《まゆ》をひそめた。なぜ自分があんな召使いどもに挨拶せねばならないのか、と。そう思っていることが分かっているのだろう、さくらはあからさまにため息をついた。

──リリア。貴方の失敗は、他の人を見下すその姿勢だよ。分かるでしょ？

「それは……そうかも、しれないけど……。でも何もメイドにまで媚《こ》びを売る必要はないでしょう！」

リリアほど激しくないにしても、多くの貴族が使用人をあごで使う立場だ。この国の使用人にとって、働きやすい職場とは人間関係以上に主人の性格に左右されると言っていい。確かにリリアは厳しい方だという自覚もあるが、しかしこれに関しては直すつもりもなかった。

だがさくらは、あからさまにため息をついた。

──リリア。仲良くしている友達がメイドに対して辛《つら》く当たっていたらどう思う？

「使えないメイドを持って大変そう、かしら」

──君に聞いた私が馬鹿だったよ！

どう言えばいいんだ、とさくらが叫ぶ。リリアは怪訝《けげん》そうにしながらも、扉の前で立ったままさくらの言葉を待っている。やがてさくらは、よしと頷くように言って、

――説明は諦《あきら》める！　ねえ、リリア。私は貴方を助けたいの。

突然話が変わり、リリアは首を傾げた。

――私のことがまだ信じられない？

「信じられるかどうかで言えば、まだ微妙なところね。でもひとまず貴方に従うと決めているわ」

――じゃあ従って。

「む……」

なるほど、とリリアは内心で納得した。さくらの中では明確な理由があるようだが、それをうまく言葉にできないのだろう。ならばそれを無理に教えてくれと言っても仕方がない。リリアは、分かった、と小さく頷いた。

自室の扉を開ける。開けた瞬間、メイドの顔が目に入った。

「あ……」

自分と同い年ぐらいの少女だ。リリアは目を見開き、感情を押し殺した声で言う。

「人の部屋の前で、貴方は何をしているのかしら……？」

意識したわけではなかったが、とても低い声になってしまった。案の定、目の前のメイドがびくりと体を震わし、視線をあちこちへ彷徨《さまよ》わせながら口を何度も開閉させる。その態度に腹が立ち、リリアは再度口を開いた。

――わー！　待って待って！　リリアストップ！

さくらが慌《あわ》てて叫び、リリアの言葉は無音のため息となった。

――あのね、リリア。貴方はいつも、自分が呼んだ時に少しでも遅れたら、メイドさんを怒ってるでしょ？　だからメイドさんたちは、ずっと貴方の部屋の前で待機してくれているんだよ。特に最近の貴方の様子がおかしかったから、みんな心配してくれていたんだよ？

まさか、とリリアは目を見開いた。自分の態度が間違っていたとは思っていないが、それでも決して好かれるような人間ではなかったはずだ。それなのに、心配されているとは思わなかった。

――もちろん全員じゃないよ。貴方に怒られるのが嫌で渋々ここに来ているって人もいるけど、中にはこの子みたいに本当に心配してくれている子もいるんだよ。そんな子は大事にしてあげないと。

だから、優しくしてあげて。

さくらの声は真剣そのものだった。リリアはその言葉をかみしめ、自分の中で整理する。もう一度しっかりメイドの顔を見ると、こちらを上目遣いに見つめていた。

「あの……。申し訳ありませんでした、お嬢様」

そう言って頭を下げるメイド。頭を下げたまま、動きを止める。自分の言葉を待っているのだろう。私が何も言っていないのに顔を上げるな、と怒ったことが確かにあったような気もする。癇《かん》癪《しゃく》同然の怒りだったたが。

「気にしていないわ。少し気が立っていたの。ごめんなさいね」

リリアがそう口にした瞬間、目の前のメイドが勢いよく顔を上げた。その目は大きく見開かれ、リリアを凝視《ぎょうし》してくる。そんな反応をされるとは思わずに、リリアは思わず一歩後《あと》じさっていた。

「お嬢様！」

「な、なに？」

「体調でも悪いのですか！　何か変な物でも食べたんですか！　待っていてください、すぐにお医者様を呼んできますから！　だから今すぐに部屋に戻ってください！」

「ちょっと、どういう意味よ」

あまりの言い草にリリアが不機嫌そうに目を細めた。だが目の前のメイドは止まることなく、部屋に戻ってください、すぐにお医者様を、と何度も繰り返してくる。結局自分は正常だと認めてもらうのに、短くない時間を費《つい》やしてしまった。

その間、さくらが楽しそうに笑っていたことに、リリアは気づいていない。


部屋に戻れと言うメイドを何とか宥《なだ》めた後、さくらの指示のもと、とりあえず庭に出ることにした。メイドと別れて歩き出したところで、メイドから待ってくださいと止められた。

「何？」

「お着替えはどうしますか？」

言われるまで、すっかり忘れていた。リリアの服装は、現在通っている学園の制服だ。その制服は、王子から婚約破棄を言い渡された日から着替えていない。そのことを思い出すと、とたんに臭《くさ》いような気がしてくる。

――事実臭いよ、リリア。

あっけらかんと言うさくらに、リリアは思わず叫んでいた。

「分かっているなら言いなさいよ！」

目の前のメイドがびくりと体を大きく震わせた。すぐに、申し訳ありませんと頭を下げてくる。

リリアから見てもかわいそうなぐらいに小刻みに震えている。さすがに申し訳なく思い、リリアは少し慌てて言った。

「違うのよ。貴方に言ったわけじゃないの。だからそんなに怯《おび》えないで……」

──きっとその子、思ってるよ。私以外いないじゃないかって。

リリアの頬《ほお》が引きつる。また怒鳴ってしまいそうになるが、自分の目の前にいるのはメイドただ一人だけであり、リリアが聞いている声の主の姿はない。またメイドを怯えさせてしまうだけだ。

普段ならメイドがどう思おうとリリアの知ったことではないが、ずっと自分を心配してくれていたと知るとどうにも無下《むげ》にできなくなってしまう。そう思っている自分に、リリアですら内心で驚いている。

──ああ、ちなみに声に出さなくても、心の中で言えば私に聞こえるから。

──最初から言いなさいよ！

本当に信用していいのか分からなくなってしまうが、すでに信じてみようと決めたのだ。簡単に自分の言葉をひっくり返すのは自分の性《しょう》に合わない。リリアは大きくため息をつくと、目の前のメイドに向き直った。

メイドは顔を真っ青にしながらも、こちらの様子を上目遣いに窺っていた。リリアは小さく吐息して、使い慣れていない顔の筋肉を動かして笑顔を作る。そのぎこちない笑顔にさらにメイドが怯えるが、リリアはそれには気づかない。当然ながらさくらは笑いを堪《こら》えるのに忙しい。

「気分転換に少し庭に出るわ。ただ貴方の言う通り、ちょっと、その……。臭《にお》うでしょう？」

リリアの言葉に、メイドはおずおずといった様子で、遠慮がちに頷いた。

「申し訳ないけど、入浴の用意をしてもらえる？」

「え？　あ、はい！」

メイドが驚いたように言葉を詰まらせたことにリリアは怪訝そうな表情をするが、とりあえずは気にしないことにした。

――く、ふふ……！

メイドの反応が、普段は命令口調のリリアが今日はお願いという形を取ったことによる驚きだとさくらは気づいている。だがそれを指摘するようなことはしない。なぜならいっそ大声で笑いたいほどの衝動を堪えるのに忙しいからだ。それでも忍び笑いは漏れているが。

「ああ、それと。貴方、名前は？」

リリアが聞いて、メイドはまた言葉を詰まらせながらも答える。

「アリサ、です」

「アリサね。覚えたわ。年は？」

「今年で十五になります……」

「そう。なら私の一つ下ね」

リリアは満足そうに頷き、続ける。

「貴方を私の専属にしてあげる。いいわね？」

「え？　あ、えっと……」

言われた意味が分からないのか、見て分かるほどにアリサは狼狽《ろうばい》している。その理由にリリアはすぐに思い至った。

「ああ、そうね。まずはお父様に許可を取らないといけないわね。後で確認しておくわ」

「え、と……。はい。よろしくお願いします」

深々と頭を下げるアリサに、リリアは満足そうに微笑《ほほえ》むと踵を返した。そのまま振り返ることなく、浴場に向かった。

――ところでさくら。うるさいわよ。

――だって……！　く、ふふ、ひひふ……！

気持ちの悪い笑い声を必死に堪えようとしているさくらに苦言を呈《てい》しておいた。


さくらですらリリアのこの一連の行動には驚いている。まさかさくらが何も言っていないにもかかわらずアリサを専属のメイドにすると言い出すとは思わなかった。何かしら思うところでもあったのだろうか。そう不思議に思うのと同時に、おかしくもあった。

専属のメイドにする、と言われた時のアリサの表情。喜んでいいのか悲しんでいいのか分からないといったものだった。それもそのはず、アリサはもともとリリアの専属のメイドとして雇われている。そのようにリリアにも紹介されている。それを覚えてもらえていなかったことに悲しみ、同時に改めて本人から専属のメイドにすると言われ、喜んでいるのだろう。

その時の反応を思い出し、また笑いそうになるのを耐えながら、さくらはこれからのことに思いを馳《は》せた。

簡単にだが入浴を済ませたリリアは、アリサが用意してくれたドレスを着て、彼女を伴って屋敷の外に出た。一人で大丈夫だから仕事に戻れと言ったのだが、アリサは絶対についていくと譲らなかった。どうやら自分は信用がないらしい。

屋敷の周囲には花壇が並んでいる。この花壇の花はメイドたちが育てているもので、それぞれで受け持ちの花壇があるらしく、花壇によって雰囲気が違う。花壇そのものの並びは整然としているのに咲いている花には統一性がない。中には季節が違うのか、芽だけが出ているものもある。

「改めて見たけど……。これ、どうにかならないの？　お客様が最初に見るものなんだから、もっと見栄えを気にした方がいいと思うのだけど」

リリアがそう言うと、アリサは困ったような笑顔を浮かべた。

「旦那様《だんなさま》が私たちに与えてくれたものでして……。旦那様曰《いわ》く、気にしなくていいから好きに使え、とのことでした。見栄えとか、そんな些細《ささい》なことは気にしなくていい、と」

「ふうん……。それはつまり、私はそんな些細なことを気にする心の狭い女だと言いたいの？」

「え？　そ、そんなこと思っていません！　本当です！」

どうだか、とリリアは顔を逸らすと、庭の奥へと歩いて行く。その後ろを、肩を落としたアリサが続く。

――リリア。優しく。優しくだよ？

——分かっているわよ。ちょっとからかっただけ。

今まで気にもしていなかったのだが、このアリサという少女は喜怒哀楽《きどあいらく》がはっきりとしているようだ。話していてなかなかにおもしろい。

「アリサ。貴方の花壇はどれ？」

「私の、ですか？　見てもつまらないですよ。見ない方が……」

「いいから案内しなさい」

「うう……。分かりました……」

何故《なぜ》かアリサは自分の花壇をリリアに見せたくないらしい。不思議に思うが、見られたくないと態度で示されると逆にどうしても見たくなってしまう。さくらが呆《あき》れているのが分かるが、そんなものは無視だ。

アリサがリリアを先導して歩いて行く。途中、何人かの他の使用人とすれ違ったのだが、誰もがぎょっと目を剥いてリリアとアリサを見ていた。中にはアリサを心配してかすれ違った後もこちらを盗み見る者までいた。

別に取って食いはしないのに、とも思うが、それが伝わることはない。

そうしてアリサに案内された場所は、屋敷の裏口の側だった。主に使用人や商人が使う出入り口だ。その側に小さな花壇があった。

「なにこれ。何もないじゃない」

アリサがこれだと示した花壇にあるのは、土のみだ。雑草すら生えていない。説明を求めてアリサに視線をやると、アリサは頬を引きつらせながら答える。

「いえ、その……。時間がなくて、ですね……。何も植えていないんです。以前はがんばってみようと思ったんですが、枯らしてばかりで……」

「どうして時間がないの？　貴方だけ仕事が多いとでも言うつもり？」

別にアリサを助けようとは思わないが、もしそうなら彼女の上司に意見ぐらいしてやってもいいだろう。なにせ自分の専属のメイドだ。それぐらいはしてもいいと思える。

だがアリサは首を振ると、小さな声で告げた。

「私が遅いから、です。もっと先輩《せんぱい》たちみたいに動けたらいいんですけど……」

どうやらアリサ自身の問題らしい。思わずリリアはため息をついてしまった。さらにアリサが言うには、先輩たちはアリサの花壇が雑草だらけにならないように手入れまでしてくれているそうだ。いつでも何かを植えられるように、ということらしい。

「それで？　何かを植える予定はあるの？」

「いえ……。まだないですね……」

「そう」

そこで会話が途切れてしまう。何もない花壇をじっと見つめるリリアが何を思っているのか不安なのだろう、アリサはそわそわと挙動不審になっている。もっとも、リリア自身は本当に何も思っておらず、ここで花を育てるのか、程度のことしか考えていない。

――リリア。

さくらの声。リリアは無言で先を促す。

――アリサと一緒に花を育ててみよう。きっとアリサは喜んでくれるよ。

それを聞いたリリアが渋面になり、リリアを見ていたアリサの表情は見る間に青ざめていく。

――嫌よ。面倒くさい。

確かにリリアはアリサを専属のメイドに据《す》えたが、別に彼女に尽くそうなどとは思っていない。はっきり言ってしまえば、年が近い者を確保しておいた方が今後のことを考えると便利そうだからだ。それ以上でも以下でもない。

そのことをさくらに告げると、どこか落胆《らくたん》したようなため息をつかれてしまった。

――きっかけは何でもいいよ。リリア。従って。

今度はリリアがため息をついた。何の意味があるかは分からないが、さくらの指示には従うと言った自分の言葉を曲げたくはない。仕方なくリリアはアリサへと振り返った。すっかり萎縮してしまっているアリサへと告げる。

「この花壇、しばらくは使う予定はないわね？」

「あ……。はい」

「じゃあ私がもらうわ」

突然放たれたその言葉に、さくらがなぜと息を呑み、アリサはぽかんと呆《ほう》けてしまった。徐々に意味が分かってきたのか、見ていておもしろいほどに狼狽《うろた》え始めた。その様子をしばらく見つめていると、やがてアリサは短く嘆息して、分かりましたと頷いた。

「私には使う予定がありませんし、この花壇はお嬢様に差し上げます。旦那様には私の方から伝えておきますね……」

「いいえ。お父様にはお願いしたいことがあるから私が言うわ。お父様に会ってくるから、ここで待っていなさい」

　怪訝そうに眉をひそめるアリサを残し、リリアは裏口から屋敷へと戻った。

　――リリア。どういうつもり？

　――何が？　ちゃんと指示には従っているわよ。

　――むう……。まあどう従うも従わないも、貴方の自由だけど……。

　父の元へと廊下を歩く。この時間なら、父は執務室で書類に目を通しているはずだ。朝食の前に一日の仕事を確認するのが父の日課となっている。二階にある執務室のドアをノックすると、果たして父の声が聞こえてきた。

「誰だ？」

「私です、お父様」

「リリア……？　部屋から出てきたのか。入れ」

　無愛想な言い方だが、とても嬉しそうな雰囲気がある。あまり人に感情を悟《さと》らせない父だけに、父の様子にリリアは少なからず驚いた。そして少しばかり反省する。それほどまでに心配をかけていたのかと。

　リリアが執務室に入ると、部屋の最奥、執務机の椅子に父は座っていた。リリアを真っ直ぐに見つめる瞳は冷たいもののように見えるが、頬がわずかに動いている。まるで笑顔を堪えるかのように。

「おはようございます、お父様」

「ああ、おはよう。それで何の用だ？」

嬉しそうな雰囲気とは裏腹に、会話を急いでいる。父が貴族の中でもかなり多忙な方だと知っているリリアは、すぐに用件を切り出した。

「お父様はメイドに花壇を差し上げているそうですね」

「ああ。気晴らし程度になるだろうと思ってな。それがどうした？」

「一つお願いがございまして。アリサの花壇をいただきたいのです」

父の表情が失望のそれへと変わった。父が首を振って、リリアを見つめる目を細める。それだけで室温が一気に下がったような気がしてしまう。

「リリア。お前はまだ、そんなことを言っているのか……」

父は自分が何をしようとしているのか分かっているのか。さすがお父様だと感心しながら、リリアは告げる。

「何かおすすめの種はございませんか？　あれば譲っていただきたいのですが」

父は何も言わず、静かに立ち上がると壁際にある戸棚へと向かう。棚を開くと、その中から小さな紙袋を取り出した。どうしてあんなところに花の種をしまっているのかと不思議に思うが、父がそれを持ってこちらへと歩いてきたのでその思考は放棄した。

父がその紙袋を差し出してくる。リリアはそれを、恭しく受け取った。

「リリア。あまり度が過ぎると、私も庇《かば》いきれなくなるぞ」

「まあ、おかしなことを言うのですね。私は何もやましいことはしていませんよ？」

父が大きくため息をついて、下がれ、と短く告げて部屋の奥へと戻っていく。リリアはその場で深く一礼すると、退室した。

花壇に戻ると、アリサは命じられた通りにその場で待っていたようだ。リリアの姿を確認して、何故か安堵のため息をついている。

「お父様と話してきたわ。ここにはこの花を植えるわよ」

リリアが早速そう切り出すと、アリサは畏まりましたと頭を下げた。

「この花壇はお嬢様のものです。ですから……」

「とりあえずアリサ、道具を取ってきなさい。今すぐに」

「え、あ……。はい。畏まりました」

アリサが釈然としない表情をしながらも、道具を取りに行くために走り出す。リリアはそれを見送った後、そのまま待つことにした。さくらが何かを言いたそうに唸《うな》っているが、それは無視だ。

少しして戻ってきたアリサは、両手に小さなスコップなどの道具が入ったかごを持っていた。

「お待たせしました」

「ええ。それじゃあアリサ」

リリアが真っ直ぐにアリサを見つめ、アリサは何かしてしまったのかと緊張した面持《おもも》ちになる。

そんなアリサの内心など分かるはずもなく、リリアは告げた。

「この花壇は今日から私のものよ」

「はい……。そうです」

「でも私は花の育て方なんてまったく分からないわ」

首を傾げるアリサに、リリアは花の種が入った紙袋を差し出した。アリサはそれを受け取りながら、さらに困惑を深めてしまう。

「貴方が育てなさい」

「え……？」

「もちろんこの花壇は私のものだし、手伝うわ。だから一緒にここまで来てあげます。私が手伝ってあげるから、貴方はこの花を綺麗《きれい》に咲かせなさい」

ようやく意味が分かったのだろう、アリサが目を見開く。さくらの忍び笑いも聞こえてきて少しだけ不快になるが、リリアはひとまず言い終えることにする。

「貴方は私専属のメイドよ。私はこの花が綺麗に咲くところを見たいの。できるわね？」

アリサは何度も頷き、そして勢いよく頭を下げた。

「はい！　ありがとうございます、お嬢様！」

リリアは少しだけ優越感を覚えながら、それじゃあ、と早速指示を出す。アリサが持ってきた道具からスコップを取り出し、

「それでは植えましょう。教えてくれる？　アリサ」

「はい！　もちろんです！」

嬉しそうなアリサの笑顔を見て、リリアは眩《まぶ》しそうに目を細めた。


アリサと土いじりを終えたリリアは、もう一度入浴に向かった。アリサに新しい着替えを持ってくるように命じて、リリアは浴室へと向かう。

――リリアって結構照れ屋さん？

Seed

途中、さくらの楽しげな声が聞こえてきた。それを無視していると、さくらが続ける。

——自分のプライドとか守りつつ、一緒に育てる方向に持っていきたかったんだね。でも多分、アリサは察してたよ？

——うるさいわよ。指示には従ったのだから文句はないでしょう。

——もちろん。よくがんばりました。

——いちいち頭に来る言い方ね……。

それ以上相手をするのが馬鹿らしくなり、リリアは何も言わずに浴室に入った。


入浴から出て、アリサが用意したドレスに着替え、食堂へと向かう。土いじりに時間を取られてしまったが、そろそろ朝食の時間だ。

——今日はどんな朝ご飯かなあ。楽しみだね。

——食べるのは貴方じゃないでしょう。

——ふふふ。天使さんのすぺしゃるな能力です！　私は貴方と感覚を共有してるんだよ！

えっへん、と得意げに言う。体があれば自慢げに胸を反らしているだろう。その姿が容易に想像できて、リリアは思わず笑みを零《こぼ》していた。

——貴方って本当に天使なの？

——モチロンデス、トウゼンジャナイデスカ。

——どうして片言《かたこと》なのよ……。

本当に何者なのか、と思いながら、リリアは食堂の扉を開けた。広い食堂の中央にある大きなテーブル。そこにはすでに家族全員が揃《そろ》っていた。

父、ケルビンは短い金髪に筋骨隆々とした体つきで、目尻に少しだけしわがある。母、アーシャはリリアよりも少し長めの赤髪で、鋭い瞳が特徴的だ。化粧をする者の腕が良いのか、とても若く見える。

兄、クロスは父と同じように金の髪は短く切りそろえ、一目で鍛えていると分かる体つきだ。弟のテオは、あまり髪を切りたがらないために男子としては少し長めの髪で、肩まで伸びている。その髪と幼い顔つきも相まって、とても儚げな印象を持つ。

この四人にリリアを加えた五人が、この屋敷に住むアルディス公爵家の全員だ。

リリアがテーブルにつくと、使用人たちが朝食を運んできた。テーブルの中央には焼きたてのパンが並べられたかごが置かれ、リリアたちの目の前にはスープの満たされた皿。さらには果実を煮詰めたジャムのようなものも出されている。

王家に次ぐ権力を持つ公爵家にしては質素な朝食だが、この屋敷ではこれが当たり前だった。母が質素な食事を好むので、食べきれないほどのご馳走《ちそう》が並ぶといったことはない。リリアが不満に思うことの一つだ。

——男爵家にも劣る食事だなんて恥でしかないわ。

——まあまあ。美味《おい》しいんだしいいじゃない。ご馳走なんて、たまに食べるから美味しいんだよ。

さくらの言葉に、リリアは意味が分からないと首を振った。

全員が手を組み、祈りを捧げる。この世界の神と世界を支える精霊たちに。

朝食時は誰も喋《しゃべ》らない。静かに食べ進めていく。母曰く、食べ物と作ってくれた者に感謝しながら食べなさい、ということだ。リリアにはやはり意味が分からない。

――公爵家らしくないのはアーシャさんが原因だよね。いいことだね。

――意味が分からないわ。当然の権利を放棄するなんて。

――あはは。リリアは根っからの公爵家だね。

どういう意味だ、と思うが相手にすると無駄な体力、というより精神力を使うだけだろう。気にせず食事を済ませることにする。

――うん。やっぱり美味しいなあ。特にこのジャムが美味しいよね。

――本当に私と感覚を共有しているの？　ちなみに嫌いなものは？

冗談だと思っていたのだが、嬉しそうな口調からどうやら本当に共有しているらしい。少し驚きながらも、リリアはいたずらっぽく笑む。

――ピーマン。苦いと無理！

――いいわね。覚えておくわ。

――ちょっと待って何をするつもりなの嘘だよ私が嫌いなものはこのジャムだよ！

その後しばらくさくらは嫌いなものは、本当はと叫んでいたが、あえて無視。食事が終わる頃には静かになっており、小さく首を傾げる。どうしたのか、と。

――ごめんなさい……。生のピーマンだけは避けて……。あとは我慢するから……。

完全に涙声だった。思わず飲んでいた水を噴き出してしまう。周囲が驚き、使用人たちが慌てて駆け寄ってくるが、リリアはそれどころではない。

――冗談よ、そんな変なことしないから！

——本当？

——本当よ、約束するわ。

——リリア……。ありがとう！

今度は一転して小躍《こおど》りしていそうなほど嬉しそうな声だ。調子が狂う、と思いながらも、そこまで悪い気はしなかった。

汚れてしまったテーブルなどを使用人たちが素早く綺麗にしたところで、父がおもむろに口を開いた。

「リリア。今朝のことだが……」

何だろう、とリリアは父へと向き直った。悪いことはしていないはずだと父の顔をしっかりと見ると、父は気まずそうにしながらもリリアの目を見つめ返してきた。

「アリサから話を聞いた」

「そうですか。何か問題がありましたか？」

さくらからは問題ないということを聞いているが、父の判断では違うのかもしれない。不安になりながら、父の言葉を待つ。

「いや、問題はない。これからはアリサと一緒に育てるらしいな」

「はい。ああ、そうだ、お父様。アリサは私がもらいますが、よろしいでしょうか？」

父の目に困惑の色が浮かぶ。だがそれは父が首を縦に振った時には、すでに消えていた。その代わりに浮かんでいたのは苦笑だった。

「アリサはもともと、お前専属のメイドなんだがな……」

「はい？　すみません、お父様。よく聞き取れなかったのですが……」

その時だけ父の声はとても小さなものだった。よく聞き取ることができなかったのでもう一度、と言うが、父は今度は首を横に振った。

「気にしなくていい。アリサのことだが、構わない。リリアの専属のメイドにあげよう」

「本当ですか？　ありがとうございます、お父様」

――リリア！　そこで笑顔！

さくらが突然そう言って、リリアは思わず怪訝そうに眉をひそめた。別にいいことがあったわけでもないのに笑顔は不自然すぎるだろう。それでも、と催促してくるさくらに、ひとまずは従うことにした。

「ありがとうございます、お父様」

もう一度礼を言って、笑顔を見せる。笑顔の作り方は幼い頃より教え込まれているので問題はない。しかし父は苦笑を濃くしただけだった。

「無理して笑顔を作る必要はない。気にしなくていい」

――ちょっと……。失敗じゃないの？

――あれ？

どうやらさくらも万能ではないらしい。自分で判断することも必要か、とさくらの評価を少しだけ下方修正。父が咳払いをしたのですぐに視線を戻した。

「話を戻すが、アリサと花を育てると聞いた。正直なところ、お前は自分のことしか考えていないと思っていたから驚いた」

「まあ、ひどいですねお父様。私はいつだって周りのことを気にかけていますよ？」

父の頬がわずかに引きつり、母と兄が小さくため息をつく。弟だけがそんな皆の反応にきょとんと呆けていた。

「まあ、うん。いいか。リリア。周囲の人も大切にするように」

父はそう言い終えると、では戻る、と食堂を後にしてしまった。母がそれに続き、兄と弟もそそくさといった様子で部屋を出て行く。最後に残されたリリアはただただ首を傾げるばかりだった。


朝食後、リリアが自室へ向かうと、部屋の前でアリサが立っていた。リリアに気が付くと、すぐに恭しく一礼する。リリアはそれを無視して、アリサを素通りして部屋に入った。

「お嬢様。学校はどうされますか？」

ぴたり、とリリアが動きを止めた。

この国には上級学校と下級学校の二つがあり、上級学校は十五歳を迎えた貴族や名のある商人の子供たちが通うものだ。学ぶものは文字の読み書きは当然で、国の歴史や数学果ては簡単な魔法なども含まれる。人の上に立つ人材を育てる学校だ。対して下級学校は最低限の文字の読み書きを学べば終わりというもので、少しの金を払えば誰でも入学することができる。

リリアが通うのは当然ながら上級学校だ。王子と共に入学し、常に上位の成績を収めている。

上級学校は三年通うようになっており、一年を前学期と後学期の二つに分けている。学期の間には長い休暇があるが、今は休暇期間ではなく前学期の期間だ。だが正直、今はあまり行く気になれない。

「行かない」

リリアがそう言うと、アリサが短く息を呑んだ。

「いけません、お嬢様。もう一週間もお休みになっています。旦那様はまだ何も言っておられませんが、このままでは……」

「このままだと、なに？」

目を細め、アリサへと向き直る。アリサは泣きそうな顔をして、うつむいてしまった。リリアは小さくため息をついて部屋の奥へと進む。見るからに高そうな椅子に座ると、目の前のテーブルを指先で軽く叩いた。

「はい……。畏まりました」

それだけで意図を察したアリサは小さく一礼すると部屋を出て行く。リリアは安堵のため息をつくと、椅子に深く腰掛けた。

――リリア。学校には行かないとだめだよ。

――分かってるわよ……。

このままではいけないとは分かっている。だが学校に行けば、見たくもない顔を見なければならないし、王子からはきっと軽蔑《けいべつ》の眼差《まなざ》しを向けられることだろう。それだけは耐えられない。

――さくら。貴方に従ったら、王子を取り戻せる？

――ごめん。断言はしないけど、多分無理。

予想していた答えだったが、改めて聞くとどうしても落ち込んでしまう。今まで王子は笑顔を向けてくれていたのに、今後はきっとそんなものは一切見せてくれないだろう。そう思うだけで、自然と涙が溢《あふ》れてきた。

——リリア。貴方の気持ちも分からなくはないけどさ。

——なによ……。

——身から出た錆《さび》。自業自得。それ以上でも以下でもないよ。

リリアが大きく目を見開き、そしてその瞳には怒りの炎が揺らめいた。リリアが口を開き、叫ぼうとしたところで、

——手段が悪い。

言葉を止められた。

——貴方には婚約という事実があった。いくら王子といえども、その事実をなかったことにはできないし、簡単に破棄なんてこともできない。腹に据えかねるものはあったと思うけど、王子の一時の気の迷いだと見守っておけば良かったんだよ。

——そんなの……。できるわけ、ないじゃない……。

——そうだね。それに、そんなものはもう過去の出来事だよ。

さくらの物言いに、リリアは思わず顔をしかめた。確かに、今更起こった事実は変えられない。

だがそんな言い方はないだろう。

——今は今の最善を尽くすしかないよ。

そんなことは分かっている。それ故に学校に行かなければならないことも承知している。だが、どうしてもあの女と王子に会いたくない。

——だからさ、リリア。あの王子に、リリアを選ばなかったことを後悔させてやろうよ。

――そんなこと……。どうすれば、いいのよ……。

確かに王子を見返すのは悪くないと思う。もう手の届かない人なら、せめてあちらが手を伸ばさなかったことを後悔させてやるのもいいかもしれない。しかしリリアには、そんな手段は思い浮かばない。

だがさくらは、簡単だよと笑った。

――知識を深めればいいよ。誰からも認められるぐらいに、あらゆるものに詳しくなればいい。誰からも敬われる人になればいいよ。いろんな人に優しくして、けれど時に厳しくして。万人に、とは言わないけど、多くの人を味方につけよう。

――夢物語ね……。

――そうかもね。でも、目指してみるのも悪くないでしょ？

さくらが言うのはすべて理想だ。どれだけ勉学に励もうと、専門で勉強した者に勝てるはずがない。だがそれでも、ここで腐るよりはましだとも思える。リリア一人ではまず無理だと思うところだが、幸か不幸か、自分にはこのお節介《せっかい》もいるのだ。

――そう言うからには、当然協力してくれるのよね？

リリアが問うと、さくらは楽しげな笑い声を上げた。

――もちろん。私は天使様だからね！　リリアを賢者様にしてあげるよ！

――天使？　悪霊《あくりょう》の間違いでしょう。

――ひどい！

憤慨《ふんがい》したかのように文句を言ってくるが、リリアはそれを無視。するとさくらは急に黙り込み、そして小さな声が聞こえてきた。

――いいよいいよ。悪霊でいいよ。ふんだ……。

いじけたようなその声に、リリアは思わず笑ってしまう。ごめんね、と謝ると、すぐに機嫌を直してまた笑った。単純だな、と思ってしまうが、さすがにそれは口にしない。さくらと話していて自分も少し元気づけられた。

だから。

――まあ当たらずといえども遠からず、なんだけどね。

さくらのその呟きを、リリアは聞かなかったことにした。

「アリサ。申し訳ないのだけど、昼食は何か簡単に食べられるものを私の部屋に運んでくれる？　それと、何か書くものを今すぐ持ってきて。ああ、学校？　来週から行くから」

リリアの指示にアリサは怪訝そうにしていたが、すぐに指示通りに動いてくれた。屋敷のコックにリリアの要望を伝え、念のために屋敷の主である父に報告。そのまま父から紙とペンを借りて、リリアの部屋まで戻ってきた。

「お父様に報告したの？」

「いけませんでしたか？」

「そんなことないわ。むしろ私が言っておくべきことだったわね」

リリアの指示がなくとも、自分で必要だと思って行動してくれるのは有り難い。リリアの想定外の動きをすることがいずれあるかもしれないが、今は気にする必要はないだろう。リリアはアリサからペンと紙を受け取り、退室するアリサを見送ってから椅子に座った。

テーブルに紙を広げる。少し大きめの白地の紙だ。

――いい紙だよね。これが無料で配られてるってのがすごい。

「そうでしょう。これはお母様の努力の結晶よ。紙を作る魔法を作り上げたのはお母様なんだから」

魔法とは魔方陣《まほうじん》と呼ばれる模様を通じ、精霊たちの力を借りる技術だ。物を温めるといった簡単なものから、この紙のように材料から工程を省略して物を作るなど、用途は多岐《たき》に亘《わた》る。この世界の文明の礎《いしずえ》ともなる技術といっても過言ではない。

材料さえあれば、魔方陣だけで紙を大量生産することができる。これはリリアの母、アーシャが作り上げた魔法であり、数年前まで紙はとても貴重品だった。母の魔法のおかげで、平民でも紙を簡単に手に入れることができるようになっている。

もっともこれはいいことばかりではなく、今まで紙に関わる仕事をしていたものが路頭に迷ったりと問題も多かったらしいが、今は概《おおむ》ね落ち着いているらしい。

「それで？　どうすればいいの？」

――うん。リリアには私が勉強を教えてあげる。作法や魔法とかその辺りは分からないけど、勉学だけならこの世界では誰にも負けない自信があるから。

ずいぶんと大きく出たものだ。はっきり言ってその言葉のすべてを信じることはできないが、それでもリリアよりはきっとできるのだろう。

「まあ、期待しておくわ」

適当にそう言っておくと、さくらは、任せてと嬉しそうに言った。
もっとも、さくらの言っていることがあながち間違いではないとすぐに知ることになるのだが。

さくらの指示のもと、リリアは紙に様々なことを書いていく。ひとまずは復習も兼ねて、学校ですでに教わっているだろう内容からだ。そのリリアの様子を眺めながら、さくらは頭の中を整理する。

この世界の貴族は大きく二つに分けられる。上級貴族と下級貴族であり、下級貴族は子爵、男爵となっている。下級貴族はほぼ全員が爵位を与えられた元平民だ。そのため、考え方も平民のそれに近い。

対して上級貴族はその逆だ。公爵、侯爵、伯爵が上級貴族に当たり、多くの者が生まれた時から貴族としてあり、平民の上に立つ者として教育されていく。故に平民や下級貴族を見下すものは多く、嫌悪すら抱く者さえいるらしい。

リリアはまさにこれに当たる。考え方は上級貴族そのものであり、変わろうと努力してもそう簡単に変われるものではないだろう。幸いさくらの指示には従ってくれるようなので、気長に取り組むしかない。

大変だろうとは思うが、少し楽しみなこともある。いずれ学校に向かうことになるだろうが、この世界の街を見て回ることもできるかもしれない。さくらの出身場所で言うところの中世ヨーロッパのような街並みは、最初に見た時からさくらの好奇心を刺激している。ただ、以前にもさくらの出身場所から来た者がいるようで、その影響が至るところに散見されてはいる。その者たち、賢者と呼ばれる者たちの影響がどこまで出ているのか、調べてみるのも面白いかもしれない。

さくらの事前の知識にはないものに魔法もある。この世界に来る直前に得た知識によれば、精霊を見ることができる者たちが魔導師《まどうし》と呼ばれ、多くの魔方陣を作り出しているとのことだ。魔方陣さえ描くことができれば誰でも使うことができるが、精霊たちの力を借りることが前提であり、精霊たちに協力してもらえない場合は魔方陣も効果を成さない。何でもできる万能なもの、というよりは生活を便利にする機械のようなものだろう。そして精霊の意志を介するが故に、戦争といったものには利用できなくなっている。

この世界では戦争はほぼ発生しない。かつて人間たちの前に姿を現した精霊たちを束ねる存在、大精霊によって禁じられている。戦争を起こした国は断罪する、と。精霊たちは表だって出てくることはないが、精霊たちに支配された歪《いびつ》な世界とも言えるだろう。

もっとも、さくらは精霊に関わろうとは思っていないので気にするべきことではない。特に大精霊とはもう会いたくもない。幸いリリアは彼女の母とは違い精霊を見ることができないようなので、心配する必要もないだろうが。

とにかく、まずはリリアを導いてあげなければならない。リリアに指示を出しながら、さくらは気合いを入れ直した。

一週間、リリアは再び引きこもっていた。ただ今回は自室にずっと引きこもるというわけではなく、食事時には必ず食堂には行っている。食事のたびに両親から心配されたり、兄からは軽蔑の視線をもらったりしたが、それらすべてを無視してリリアはひたすらに勉学に取り組んだ。

食事。就寝。そして勉学。一日のほぼすべてがこのどれかに使われている。数少ない例外が、早朝にできた日課だ。

「まだ芽は出ないの？」

「植えたばかりですから」

屋敷の裏の、リリアとアリサの二人の花壇。リリアは水をやったばかりの花壇を、飽きることなく見つめている。その様子がおかしいのか、アリサはいつも笑っていた。

「リリア様。ずっと見つめていても早く育ったりはしませんよ」

いつからか、アリサはリリアのことを名前で呼ぶようになっていた。特に悪い気はしないのでそのままにしている。

「分かってるわよ。気にしないで」

「ふふ……」

アリサは微笑ましそうな笑顔だが、実際のリリアの考えは少し違う。

この息抜きの時間を、少しでも長く取りたいだけだ。せめて、さくらに言われるまでは。

――リリア。そろそろ勉強しようよ。まだまだ先は長いよ。

案の定、さくらが勉学へと促してくる。リリアは小さくため息をつくと、重たい腰を上げた。

「リリア様。今日も勉強ですか？」

「ええ。まだまだ教わることは多いから」

「教わる……？」

アリサが怪訝そうに眉をひそめ、リリアは慌てて咳払いをした。こっちの話よ、と首を振り、逃げるように自室へと向かう。

「あとで簡単につまめるものを持ってきて」

屋敷に入る前にアリサへと言うと、アリサは畏まりましたと一礼した。


そんな生活が一週間続いた。さくらからは多くのものを学んだ。無論、一週間程度ですべて教わることなどできるはずもない。ただこれ以上学校を欠席するわけにもいかない、というだけだ。今後は起床時や就寝前など、少しでも空いた時間で教わっていくことになる。

リリアは久しぶりに学校の制服に袖を通した。白を基調としたセーラー服だ。

――前から気になってるんだけど、この服っていつ頃からあるの？

「歴史のことを聞いているのなら、百年以上続く伝統よ」

――ふうん……。前の人は物好きだね……。

さくらの言葉にリリアは眉をひそめた。まるでさくらと似通った存在が過去にもいたかのような言い方だ。だが確かに、過去にそういった存在がいなかったとは断言できない。

さくらの存在を、リリアは証明できないのだから。

着替え終えた後、さくらは朝食を取るために食堂に向かった。

食堂にはすでに家族全員が揃っていた。全員の視線がリリアへと向き、リリアが制服を着ていることに皆の目が丸くなる。その反応を少しだけ気持ちよく感じながら、リリアは自分の席についた。

「リリア。学校に行くのか？」

そう聞いてきたのは父だ。リリアは頷いて答える。

「はい。今日から寮へ向かいます。ご心配をおかけしました」

リリアがそう言って頭を下げると、父がぽかんと間抜けに口を開けた。そんなに意外かと心外に思いながらも、さくらが忍び笑いをしていることに気が付き小さくかぶりを振った。

「しかしそんなに急では馬車の手配が……」

「ご心配なく。お父様のお手を煩《わずら》わせるわけにはいきませんから、こちらでしておきました。実際に動いてくれたのはアリサたちですけど」

「そ、そうか……。しかし報告とか……いや、いいんだが……」

肩を落として落ち込む父。威厳も何もあったものではない。こんな人だったかと不思議に思いながらも、テーブルに朝食が並べられたので考えないことにした。

「さて、いただこう。その前に……。クロス！　いい加減その書類を置け！」

父の怒号に思わず首を竦《すく》めてしまう。隣、といっても少し離れているが、兄を見ると、ずっと何かしらの書類を睨《にら》み付けるようにして読んでいた。

「クロス！」

父の再度の怒声。兄は父を一瞥《いちべつ》すると、小さく舌打ちをして書類を手元に置いた。舌打ちに父が反応するかと思ったが、どうやらそれは聞かれなかったらしい。朝から騒がしい人たちだ、とリリアは他人事《ひとごと》のように思う。

「さて……。ではいただこう」

食前の祈りを済ませ、リリアは目の前のパンを手に取った。

朝食の間、さくらはとても機嫌がいい。リリアが聞いていることは分かっているだろうに、いつも鼻歌のようなものを歌っている。音程を外しているというわけではなく耳障《みみざわ》りではないので、その件を注意したことはない。ただどうしてそんなに機嫌がいいのか聞いたことはある。

——美味しいごはん。

とても短い答えだったが、それ故に分かりやすいものだ。リリアと感覚を共有しているさくらは、リリアが美味しいものを食べているとさくらも幸せな気持ちになるらしい。

その時の会話をぼんやりと思い出していると、それは起きた。

「クロス！　いい加減にしろ！」

再びの父の怒声。本当にうるさい人たちだ、と思いながら兄の方を見る。兄はまた書類を手に取り、眉間《みけん》にしわを寄せていた。

「食事の間ぐらい仕事をするなと何度言えば分かる！」

「お言葉ですが、父上。これは早急に片付けなければならないものです。この書類の通りであるならば、あの者は我が家の金を不正に使用したことになる。食事など後回しにするべきでしょう」

「食事の時間でどうにかなる問題でもないだろうが」

「甘いですね、父上。不正に繋《つな》がるものなのですから、早急に片付けるべきです」

見せしめのためにもね。

兄の最後の言葉に、父が渋面を作った。どうやら父と兄には考え方の相違があるようだ。

——まあ私には関係のないことね。

——リリア。止めないの？

——あら。止めた方がいいの？　貴方がそう言うなら、やってはみるけど。

そう問うたが、さくらの答えは分かっている。ここで止めるべきだとさくらが判断したのなら、リリアに聞いてくる前に止めた方がいいと進言してくるはずだ。

——言わないよ。だってどうせ言っても、女は口を出すなとか言うだろうし。

——でしょうね。簡単に想像できるわ。

——うん。私たちは学校の準備をしようよ。準備が終わったら少しでもお勉強。

——はいはい。

リリアは父と兄を一瞥してから、母へと視線を移す。母はその視線に気が付くと、リリアの考えを察したのか苦笑して頷いてくれた。その母に小さく頭を下げて、リリアは席を立つ。舌戦を繰り広げる父と兄はそれに気が付かない。

「お姉様。僕も行きます」

弟、テオがおずおずとリリアの袖《そで》を掴《つか》んだ。リリアはわずかに顔をしかめながらも、さくらに注意されてすぐに笑顔を貼り付けた。この一週間で作り笑いも上達したものだと自分でも思う。

「いいわよ。行きましょうか」

「はい」

テオも席を立ち、扉に向かおうとしたところで、テーブルに置かれた書類が目に入った。

――あら……。口論以前の問題じゃない。

何に出費して、どういった収入があったのか、そういったことが書かれている書類だ。項目ごとに分けられていないがためにかなり複雑な内容となっている。これでは計算間違いをしてくださいと言っているようなものだ。

事実、この書類を作った者も確認した兄も間違っているのだから。

リリアは仕方がないと小さく吐息を漏らし、口を開いた。

「お兄様」

「なんだ。女が出しゃばるなよ」

いきなりな物言いに思わず顔をしかめてしまう。父も兄の言葉に不快感を覚えたようで口を開こうとしていたので、リリアは口論に巻き込まれる前にと言い逃げをすることにした。

「私も急ぐ身ですので、一つだけ。ここと、ここと、ここ。計算を間違えています」

「何を言って……」

兄が書類に視線を落とす。しばらく黙り込み、そして驚愕《きょうがく》に目を見開いた。

「では失礼致します」

リリアはそう言って頭を下げると、食堂の扉へと向かう。もはや父と兄の口論になど興味はないので、テオを連れてそのまま部屋を出て行った。

「どうやら私たちの勘違いだったようだな」

ケルビンが嘆息して椅子に座り直した。クロスは難しい表情をしながら書類を睨み付けている。

「どうした、まだ何かあるのか？」

ケルビンが聞いて、クロスは書類を差し出した。

「父上。これらを即座に計算できますか？」

書類を受け取ったケルビンはそれを一瞥しただけで、首を振った。

「無理だ。少し時間がかかるし、暗算するのも難しい」

「リリアをどう思いますか」

「…………」

ケルビンは再び書類に視線を落とす。ざっと計算してみたが、やはり最後まで暗算で済ますのには無理がある。

「アリサからの報告であの子が勉強のために部屋に籠《こ》もっているとは聞いていたが……。ここまで結果が出るものなのか？」

しかも独学だ。アリサの話では、大量の紙に何かを書き殴っているようだが、アリサ以外の誰かがリリアの部屋に入ったことはないらしい。

「さすがは私たちの娘です。良いことではありませんか」

アーシャが楽しげに笑う。確かに悪い方向に向かっていたのなら正さなければならないが、良い変化なら歓迎するべきだろう。

「ただどうにも根を詰めすぎのような気もします」

アーシャの不安はケルビンも思っていることだ。どういった理由にしろ、二週間も部屋に閉じこもっていたのだから。後半は花を育てたり食事に出てきたりと改善はされていたが、それでもやはり不安は残る。

「クロス。動かせる者はいるか？」

「ええ、もちろん。手配済みです」

ケルビンの問いに、クロスは不敵な笑《え》みを浮かべた。そうか、とケルビンも笑みを浮かべる。二人で忍び笑いをする様はかなり不気味だ。先ほどまで口論していたとは思えない。

「可愛い愛娘《まなむすめ》だからな。任せたぞ、クロス」

「可愛い妹ですからね。お任せください、父上」

なんだかんだ言っても、この二人はリリアを大切に想っているのだ。

アーシャは、不器用な二人だと思いながら、側に控えるメイドに紅茶のお代わりを頼んだ。


リリアは自室の荷物を馬車に積むようにアリサに頼み、自身はテオと二人で庭を歩いていた。この弟とはあまりまともに会話をした覚えがない。というのも、リリア自身が弟を遠ざけていたためだ。

なにせこの弟は何でもできる。まさに天才だ。そんな弟を遠ざけた理由は至極《しごく》単純、嫉妬《しっと》である。それでも何故か、この弟はリリアを見つけると何が楽しいのかいつも笑顔で話しかけてくる。迷惑なことこの上ない。

今日もテオは、リリアの隣をとても嬉しそうな笑顔で歩いていた。

「お姉様。お姉様の花壇はどれですか？　見てみたいです」

「そんなものを見てどうするの？　まあ、いいけど」

不思議に思いながらも、リリアはテオを屋敷の裏側へと案内する。

いくつも並ぶ花壇の中で、小さな芽しか出ていないもの。それがリリアとアリサの花壇だ。馬鹿にするつもりだろうか、と少しだけ思っていたが、テオは予想外の言葉を吐いた。

「お姉様が学園にいる間はどうするのですか？」

「さあ……。まだ考えていないけど。アリサは私と一緒に学園に来る予定だし」

「じゃあ僕がお世話します！」

テオの申し出に、リリアは目を丸くした。何故、と疑問に思う。確かにテオなら園芸などすぐに覚えてしまうだろうし、任せてもいいのだろう。だが純粋に目的が分からない。

「私のものでなくても、テオならお父様に言えば用意してもらえると思うけど」

「お姉様の花壇がいいんです！」

余計に意味が分からない。分からなさすぎて、テオを見る目が珍獣を見るそれに変わってしまう。

そんなリリアの眼差しを受けて、テオは視線を落とした。そして上目遣いに聞いてくる。

「だめ……ですか？」

その泣きそうな表情は卑怯《ひきょう》だろう。内心で思いつつも、口には出さずに思案する。

――どうせなら任せようよ。

――それはいいけど……。テオの目的が分かるの？

――目的というか理由は分かるよ。リリアは分からないの？

何故だろう。さくらの姿を見たことはないのに、小馬鹿にしたような少女の表情が目に浮かぶ。少しだけ腹立たしく思いながらも、このまま答えを聞くのは負けの気もするので、それ以上の会話はしなかった。

「分かったわ。テオに任せましょう」

「……っ！　はい！　ありがとうございます！」

花が咲いたような笑顔とはこのことを言うのだろう。身内から見てもとても魅力的な笑顔だ。この笑顔でいったい何人の女性を虜《とりこ》にしているのだろうか。どうでもいいことではあるが。

――リリア。テオに園芸のやり方を教えてあげてね。

――私が教えなくても、メイドの誰かが教えるでしょう。

――いいから。

そこまで言うということは、これも人に好かれるための行動ということだろうか。

「テオ。それじゃあやり方を教えてあげるから、ちゃんと聞きなさい」

「はい！　お願いします！」

テオが姿勢を正す。リリアはよろしい、と頷くと、そのまま続ける。

「まず種の植え方だけど、土を掘って種を入れてまた埋める。それだけよ」

――なんかすごい適当すぎると思うんだけど！

さくらが嘆くように叫ぶのと、

「リリア様……」

いつの間にいたのか、少し離れた場所でアリサが悲しげに眉を下げて言ったのは同時だった。

「…………。冗談よ」

テオの困惑の瞳とアリサの悲しげな視線から、リリアは逃げるように目を逸らした。


その後、リリアはアリサと共にテオに園芸のやり方を教えた。教えた、といってもリリアが分かるものは限られている。ほとんどアリサの手伝いをしていたようなものだ。それでもテオは何故かリリアから教えてもらうことにこだわったし、アリサもリリアの説明の補足に徹していた。

未《いま》だにどういった状況だったのか、自分でも分からない。

学園に向かう馬車に揺られながら、リリアはその時のことを何度も思い返す。もうお手上げだとさくらに答えを聞こうとしたが、すげなく断られてしまった。

――リリアは人の気持ちを考える努力をした方がいいからね。学園に着くまでよく考えてみたら？

さくらにそう言われたが、いくら考えたところでリリアにはどうしても理解することができない。考えるだけ無駄だと思ってしまう。

「ねえ、アリサ」

リリアが対面に座るアリサに声をかけると、すぐに、はい、と返事を返してきた。

「私にはいまいちテオの意図が分からないのだけど。アリサは分かるの？」

「その……。何となく、ですし正しいかは分かりませんが」

「そう……」

アリサが分かる。なら今までの行動をすべて思い出せば、きっとリリアもたどり着くことができるだろう。今日一日のことを思い出し、ついでにテオと会った時のことも思い出せるだけ思い出し、そして出した結論は、

「私と仲良くしたいから……？」

そう呟いて、すぐにリリアは自嘲《じちょう》した。

「なんて、そんなわけないわね。自意識過剰にもほどがあるわ」

それを聞いたさくらが小さくため息をつき、アリサが悲しげに眉尻を下げたのだが、リリアはそれには気が付かなかった。


アルディス公爵家の屋敷から学園までは馬車で三時間ほどの距離だ。それを考えれば昼過ぎに屋敷を出ても今日中には余裕を持って着けるのだが、今日ぐらいは寮でゆっくりしたいと思い、誰にも会わないようにするために昼前に屋敷を出た。授業が終わって寮に人が戻るのが夕方なので、今から寮の自室に入れば誰にも見咎《みとが》められることはないだろう。

リリアが王子から婚約破棄を言い渡されたことはすでに知れ渡っているはずだ。周囲の視線を想像するだけで恐怖を覚える。かといって学園に通う以上は誰にも会わないということはあり得ない。

今日しか通用しない手段だ。

——逃げても仕方がないよ？

——うるさいわね……。

そんなことはリリアも分かっている。だから、今日だけだ。学校の空気の中で一晩、じっくりと覚悟を決める。それが自分に対する言い訳にしかならないと分かってはいる。それでもリリアには、これ以外の選択はできなかった。

昼を少し過ぎた頃、学園の建物が見えてきた。

学園の敷地はとても広い。勉学のための巨大な校舎の他にも、訓練など、何かしらの運動をする場所もある。雨が降った時のために、屋内で運動ができる建物もある。さらには、敷地の隅にだが、校舎以上の大きさを誇る寮もあった。

「リリア様。私は……」

アリサは学園を一瞥した後はリリアの方に向き直っていた。アリサが言葉を続ける前に、リリアは問いを予想して先に答えを言う。

「貴方は私と同室よ」

「え……」

「あら、何か文句があるの？」

目を細めてアリサへと問いかけると、アリサは慌てたように首を振った。リリアは、ならいいのよ、と目を逸らす。

——うるさいわがままさんと寝る時まで一緒だなんて、かわいそう。

——誰のことよ。

——誰のことだろうね？

にやにやと意地の悪い笑みを浮かべていそうな、そんな口調だった。リリアは顔をしかめ、

「どうせ私はうるさくてわがままよ」

ふてくされたようにそう言う。冗談だよ、とさくらが笑うのと、

「そ、そんなこと思っていません！」

アリサが叫んだのは同時だった。リリアが驚いて固まり、さくらもアリサがリリアの小声に反応するとは思わなかったのか、言葉を詰まらせている。

真剣な表情でこちらを見つめてくるアリサ。リリアは少し考え、そして小さく頷いた。

——今も夜も変わらないでしょう。

——うん。任せるよ。

さくらの了承を得て、リリアは口を開いた。

「ねえ、アリサ。貴方は本当に、そう思っているの？」

「もちろんです！　今のリリア様にそんなこと、まったく思っていません！」

「じゃあ、今までは？」

「それは……もちろん思っていませんよ」

アリサがわずかに言葉を途切れさせたのを、リリアは聞き逃さなかった。だが別に不快だとは思わない。予想していた答えだ。

「アリサ。ここの声は御者台《ぎょしゃ》には聞こえないわね？」

「え？　はい、聞こえませんが……」

「では腹を割って話しましょう」

リリアが姿勢を正してそう言うと、アリサが表情を険《けわ》しくした。

「私はね。変わると決めたの。そのためならやりたくない勉強もするし、短気も直していく。でも、私個人では限界があるし、周囲の人はきっと納得しないでしょう」

というのはさくらの言葉だったりする。リリア自身は未だに、自分のどこが悪かったのか理解しきれていない。それでも、この一週間で屋敷の人間の、自分を見る目が少し変わっていたのは確かだ。故にリリアはさくらに従う。だからさくらの言葉をそのまま借りる。

「私は、私が変わるために、協力者が欲しい。以前の私をよく知っていて、なおかつだめなことはだめと言ってくれる人が」

「それを……私に求めるんですか？」

「そうよ。でないとこんな話、するわけがないでしょう」

アリサが目を閉じ、黙り込む。表情は険しいままだ。リリアはアリサの思考を遮《さえぎ》ることはせずに、彼女の答えを静かに待つ。そのまま馬車の振動に身を任せ、学園が目と鼻の先に迫ってきた時、ようやくアリサが口を開いた。

「リリア様。一つお聞かせください」

「なに？」

「貴方はまだ……殿下を狙っていますか？」

ずいぶんと直接的な表現だな、とリリアは内心で苦笑する。表情にはおくびにも出さず、リリアは首を振った。

「クロード様のことはもういいの」

「本当ですか？」

「未練がないと言えば嘘《うそ》になるけどね」

自嘲気味に答えると、アリサはようやく笑顔を見せた。分かりました、と頷いて、

「私でよければ、協力させていただきます。私はリリア様専属のメイドですから」

アリサの答えに、リリアも満足そうに頷いた。さくら曰く、協力者がいるのといないのとではかなり違うらしい。それは精神的なことであり、ある意味では一番重要なことだ。

よろしく、とリリアが言って、馬車の外へと視線を戻す。少しばかり嬉しく、そして恥ずかしさからそうしたのだが、アリサは気にすることなく言葉を続けてきた。

「それで、私から見た今までのリリア様がどういった人か、お答えすればいいのでしょうか？」

「ええ……。お願い。遠慮しなくていいから」

では、とアリサが咳払いをして、

「はっきり言ってとても我儘《わがまま》な人でした。その上短気で、すぐに暴力を振るう。あまりに理不尽《りふじん》すぎてもう呆れるしかありませんでしたね。欲しいものがあれば何が何でも手に入れようとするのもひどいと思っていました。なにせ旦那様の名前ですら遠慮なく使うのですから。正直、ここで働き始めたことを後悔していたほどです。……どうしました？」

リリアが蒼白な表情になっていることに気づいてアリサが首を傾げる。リリアは頬を引きつらせながら、首を振った。

「何でもないわ……。続けて……」

そうしてアリサからさらにだめ出しの連続。怒りなど通り越して泣きたくなってくる。さくらにすでに言われていたことではあるが、こうして改めて目の前で口にされると、なかなか堪えるものがあった。

「ですが」

アリサがそこで言葉を区切る。リリアが生気のない瞳でアリサを見ると、アリサは何故か微笑んでいた。

「私はリリア様が実は優しい人だと知っています。信じています」

「は……？」

優しい。誰がだ。さすがにそれはリリア自身ですらおかしいと思う。リリアにとって、他者に対する優しさなど隙《すき》を作る行為でしかないと思っている。その考えは今も変わらないことであり、アリサが言っていることが最近のリリアの行動のことを言っているのなら、それはさくらの指示に従っているだけだ。

仕方がないとは分かっていても、少しばかり落胆してしまう。だがアリサの続きの言葉を聞いて、リリアは首を傾げた。

「私は幼い頃、リリア様に助けられているんですよ」

リリアが怪訝そうに眉をひそめ、それを見たアリサが苦笑しつつ教えてくれる。

「まだずっと幼かった頃、家族と王都旅行に来たことがあるのですが、その時に両親とはぐれてしまいまして……。道に迷って、気が付いたら大きなお屋敷の側にいました」

「へえ……。どの家の屋敷かしら」

――いやリリア、ここでアルディス以外の名前は出てこないでしょ……。

――そうなの？

――そうなの。そういうことにしておきなさい。

いまいち釈然としないものを覚えながらも、リリアはアリサの話に耳を傾ける。

「その時の私は何を思ったのか、そのお屋敷に入ってしまいまして……。当然のことながら、あっという間に捕まりました」

「それは……。処刑されなかったの？」

――いやリリア。ここで処刑されていたらおかしいでしょ。

――そうなの？

――貴方の目の前にいるのは幽霊なの？　良い話じゃなくて実はホラー？

――ああ……。

ようやくさくらの言いたいことを理解したのか、なるほどとリリアは納得して頷いた。さくらが、大丈夫かなほんと、と何か心配しているようだが、リリアはとりあえずアリサの方に意識を向ける。

「本来なら、子供であってもその場で殺されてもおかしくはないのですが、その時にリリア様が助けてくれたんです」

「私が？　どうやって？」

「えっとですね……。こんな子供を恐れて殺してしまうなんてアルディス家の名前に傷をつけるつもりか、と」

――それ、優しさじゃなくてプライドの問題のような……。

「その後、裏で殺したりしないようにとリリア様が護衛の方と共に私の家族を探してくれたんです。護衛といっても、旦那様でしたけど」

アリサがどこか懐《なつ》かしむように目を細め、そして次いでくすりと笑みを零した。あの時の両親の反応は面白かった、と。

――リリア、覚えてないの？

――覚えているような、覚えていないような……。ただ少なくとも、そんな善意の感情ではないと思うのだけど。

――まあ……。多分アリサもそれはもう分かってるんだろうね。だからさっきも、知っているの後に信じていますって言い直したんだと思うし。それに。

さくらが言葉を止める。何となくアリサを見ているような気がする。アリサはこちらを真剣な表情で見つめていた。リリアの言葉を待つように。

――アリサにとって、助けられたという事実は変わらないから、どっちでもいいんじゃないかな。それなら都合の良いように解釈しちゃえ、じゃない？

――そんなものなの？

「アリサ。正直私はその時のことを覚えていないわ。ただ、少なくともそんな善意の感情じゃなかったとは思うのだけど」

「はい。今ならそれも分かります。ですけど、私にとっては助けられた事実は変わらないですから。リリア様のご恩返しになるのでしたら、喜んで協力させていただきます」

しっかりとした口調でアリサが言い切った。リリアはしばらく唖然としていたが、やがて、自身も気づかぬうちに笑顔になっていた。

「よろしくね、アリサ」

「はい。よろしくお願い致します」

アリサがその場で深く頭を下げ、リリアは満足そうに頷いた。


寮は学園の敷地で最も大きな建物だ。全生徒がここで生活しているのだから当然とも言える。寮は三階建てとなっており、一階が食堂や売店など、大勢が使う施設がそろえられている。入ってすぐのエントランスは広く、椅子やテーブルなども用意されているため学生の憩《いこ》いの場となっている。二階は庶民や商人、下級貴族などの部屋が並び、三階は上級貴族の部屋になる。

リリアとアリサは大きな玄関から寮に入った。授業の前後は大勢の生徒で賑《にぎ》やかなこの建物も、昼食時も過ぎて午後の授業が始まった今の時間は静かなものだ。エントランスには誰もおらず、リリアとアリサの足音だけが響く。

エントランスの最奥に螺旋《らせん》階段があり、リリアがその一段目に足をかけたところでアリサが口を開いた。

「あの……。リリア様……」

「なに？」

「本当に私も……リリア様のお部屋なのですか？」

何を今更、と小さくため息をつきながら振り返る。アリサの瞳は不安そうに揺れていた。

「何か問題でもあるの？」

「問題と言いますか……。その、聞いたことがありませんよ？　貴族の方がただのメイドと同じ部屋だなんて……」

「別にいいじゃない。前例がないなら、これから作ればいいのよ」

「ですけど、他の方から何を言われるか……」

まだぶつぶつと言い続けるアリサに、少しずつだが苛立《いらだ》ちが募ってきた。さっきまで自分に言いたい放題だった彼女はどこへいったのか。リリアは不機嫌を隠そうともせずに、声を発した。

「アリサ。アリサ・フィリス」

「……っ！　はい」

アリサが緊張の面持ちで姿勢を正す。それも当然のことで、この国の貴族にとって、家名を含めたフルネームで呼ばれるということは、それだけで特別なことだ。多くの場合、重要な命令や重い叱責《しっせき》などが続く。

リリアはアリサを睨み据えると、ゆっくりと口を開いた。

「貴方は、周囲の視線が気になるの？」

「それは……。はい……」

誤魔化《ごまか》そうとしていたようだが、リリアの視線を受けて素直に頷いた。リリアが続ける。

「どうして？」

「は……。その……どうして、と言われると……」

「アリサ・フィリス」

リリアがもう一度名前を呼ぶと、びくりとアリサが体を震わせ、リリアの視線から逃れるように顔を伏せた。少し待つと、おずおずといった様子でリリアの表情を窺い見てくる。

「貴方の主人は誰かしら？」

「リリア様、です」

「声が小さい」

「リリアーヌ・アルディス様です！」

アリサが背筋を伸ばし、叫ぶように言う。リリアは、リリアーヌ・アルディスは満足そうに頷いた。

「そう。貴方は私のもの。私のメイドよ」

「はい」

「私のメイドでありながら、いったい何を怖《おそ》れているの？」

そしてリリアは笑顔を見せる。

この学園の、誰もが怖れ、畏怖《いふ》した笑顔を。

「堂々としなさい。他でもないこの私が、誰にも文句を言わせないわ。貴方に対する侮蔑は、この私が許さない。何かあれば、言いなさい」

叩き潰してあげるから。

背筋が寒くなるような、低い声。それでありながら、表情が笑顔。この学園の誰もが怖れる、公爵令嬢の姿がそこにはあった。

「さあ、行くわよ」

リリアが階段を上がる。今度はアリサも、黙って後に続いてきた。

――リリア怖い！　かっこいい！　惚《ほ》れ直した！

――あら。これぐらい当然よ。

――さすがは公爵令嬢様ですなあ！　ところでね、リリア。

改まったようなさくらの声。階段を上りながら、リリアは眉をひそめた。

――リリアって、リリアーヌって名前だったんだね。

「今更それ⁉」

思わずリリアが大声を発し、突然叫んだように聞こえたアリサは大きく身をのけぞらせた。

「わ、わ……！」

そのまま倒れそうになるアリサの手を掴み、引っ張って体を支えた。

「あ、ありがとうございます、リリア様……」

そんなアリサの声は、無視だ。それどころではない。

――ちょっとさくら、ふざけないで。貴方、私のフルネームも知らなかったの？

――リリア・アルディスだと思っていました。

――な、ん……！　……っ！

目の前のアリサが怯えているのを見て、リリアは引きつった笑顔を貼り付ける。すぐに視線を逸らすと、少し急ぎながら再び階段を上り始める。

――さくら。私は貴方を信じていいの？

――も、もちろんだよ？　私は貴方を助ける天使ちゃんです！

──それなのに私の名前は知らなかった、と。

──あう……。だって、私が持ってた本には書いてなかったから……。

さくらの言葉に眉をひそめる。さくらの言葉を信じるなら、彼女はリリアのことが書かれていた本を持っていたということになる。リリアはその立場上、それなりの知名度があるとは思っているが、それは貴族の間だけの話だ。少なくとも何らかの本に名前が載るようなことはない。

──それは何の本?

問いかける。だが答えは分かっている。こういった時、さくらの答えはいつも決まっている。

──あー……。こっちの話。

彼女は自分に関することを話さない。話しても無駄だと思っているのか、それとも話すことができない内容なのか、リリアには予想することもできなかった。せめて少しでもさくらのことが分かれば、いくらでも調べようが出てくるのだろうが。

そう考えたところで、リリアは自嘲気味に笑った。さくらから勉学を教わっていた時から何度もした思考であり、そしてそれはいつも同じ結論になる。調べて、そしてどうするのかと。そうして答えのない思考を捨てたところで、三階にたどり着いた。

階段を上った先は一階のエントランスに似た造りのホールになっている。ここにもテーブルや椅子などがいくつも並んでいるのだが、この階にあるものは他の階とは違い、すべてが一目で高級品だと分かるものだ。もっとも、アルディスの屋敷にあるものと比べるとやはり下のものではある。

このホールからいくつか廊下が延び、それぞれの部屋に繋がっている。リリアは自分の部屋へと繋がる廊下へと向かおうとしたところで、

「あ……。もしかして、リリアーヌ様、ですか？」

その声に、大きく目を見開いて足を止めた。まだ何の覚悟もしていなかったがために、その声を聞いた瞬間、リリアの頭は真っ白になっていた。

「何者ですか？」

リリアのすぐ後ろからの声。アリサが、声の主へと問いかける。

「あ、その……。ティナ・ブレイハ、です……」

「ブレイハ？　男爵家の？」

「そ、そうです……」

ティナの声は少し震えているようだった。今までリリアが辛く当たっていたのだから無理もないと言える。だがそれなら何故、わざわざ声をかけてきたのか。怯えるぐらいなら、話しかけなければいいと思うのだが。リリア自身、今は会いたくなかったのだから。

だが声をかけられた以上は無視するわけにもいかない。問題がないと言えば問題ないとは言えるのだが、まるで自分が逃げたかのような形になるのはリリアのプライドが許さなかった。リリアは小さくため息をついて、振り返った。

視界に入るのは、アリサともう一人の姿。淡い金色の背中ほどまでの長髪に水色の瞳で、幼さが残る顔立ちの少女だ。今最も会いたくなかった者の一人、リリアから王子を奪っていった者、ティナ・ブレイハの姿だ。

アリサの詰問《きつもん》がまだ続いていた。

「男爵家の貴方がリリアーヌお嬢様に何用ですか？　アルディス公爵家と知ってのことでしょう

ね？」

「もちろんです。あの、私は……」

「そもそも、何故ここにいるのですか？　今は授業中でしょう」

「あ、えっと……。約束があって、ここで待っておくようにと……。時間を聞いていなかったので、授業が始まってからずっとここにいます」

そこで言葉が止まった。リリアと目が合い、口を何度か開閉させる。何か言いたそうにしつつも、うまく言葉にできないといった様子だ。約束の相手は王子だろうか。

——さくら。これ、どうしたらいいの？

——ん……。仲良くしよう！

——抽象的すぎるわよ。

やれやれと内心で首を振りながら、リリアはティナを見据えた。ティナがびくりと体を震わせる。目を逸らそうとしたのかわずかに視線が動いたが、思いとどまってリリアとしっかりと目を合わせてきた。

そして、勢いよく頭を下げた。

「申し訳ありませんでした！」

いきなり謝罪されるとは思わず、リリアが目を白黒させる。アリサも唖然として口を半開きにしていた。

「私のせいで、リリアーヌ様と殿下の婚約が……！　私が、私が悪いのに……！」

——さくら、私はどうすればいいの⁉

――がんばれ！　はさすがにまだ酷かな？　リリア、あの子が謝っているんだから、許してあげて。で、リリアも謝ろう。それでわだかまりはなし！　ばんばんざいだ！

最後は意味が分からなかったが、リリア自身すでにパニックになりかけているので、ほとんど思考もせずにさくらの言葉に従った。

「ティナさん」

「はい……」

「許します」

ティナが、今度は勢いよく顔を上げた。その表情は驚愕一色だ。その表情を見ていると、リリアの心は逆に落ち着いてきた。

「その代わりと言ってはなんですが……。私の今までの行いも許していただけませんか？」

そう問うと、ティナは泣きそうに顔を歪《ゆが》めた。

「だめ、です……」

「そうですか……。残念です」

そう言ったリリアは再びパニックに陥《おちい》りかけていた。なにがばんばんざいだ、駄目じゃないかとさくらに対して叫ぶが、さくらからはへらへらと笑っている気配が伝わってくる。まじめに考えてと言いかけたところで、

「そんなの……私ばかり得しています……」

リリアの思考が一瞬だけ停止し、そしてすぐにその言葉の意味を考え始める。どういうことか、と首を傾げていると、ティナが続ける。

「リリアーヌ様の怒りは私に非があります。ですから、リリアーヌ様が謝るようなことは何もありません！」

――いやどう考えてもリリアが悪いから。原因を追及するなら婚約しといて他の人に惹《ひ》かれたどっかの馬鹿王子が悪いから。

――さくら、クロード様を悪く言うのは許さないわよ。

――むう……。分かったよ……。でもティナは本当に何も悪くないからね。普通の生活をしていたら王子が話しかけてきて、リリアが気づいて、いじめられただけなんだから。

――客観的に聞くと私は本当に嫌な女ね……。

リリアが自嘲気味に笑うと、それをどう解釈したのかティナは頬を強張《こわば》らせ、また頭を下げてきた。リリアは面倒だと思いながらも、口を開く。

「ティナさん。貴方に非はありません。悪いのはすべて私です。ですから、自分を責めないでください」

「そんなこと……！」

「ではこうしましょう」

リリアの言葉に、ティナは顔を上げた。そのティナへと、リリアはゆっくりと歩み寄る。ひどく怯えた表情になっていくティナを、リリアは少しだけ可愛く思えた。

「今までのことはすべて水に流しましょう」

「え……？　ですが……！」

「その代わりに、お友達になってくれませんか？」

ティナが大きく目を見開き、アリサが息を呑んだのが分かる。さくらも、おお、と何故か驚いていた。こうしろと言ったのはさくらだろうに。

「でも、あの……。いいんですか……？」

上目遣いにリリアを見つめてくるティナ。リリアは精一杯の笑顔を浮かべて頷いた。

「ええ。よろしくお願いしますね、ティナさん」

「……っ！　はい……！　ありがとうございます！　よろしくお願いします！」

ティナが勢いよく頭を下げる。リリアが内心で安堵の吐息をついていると、

――やばいこの子すっごい可愛い！　この子に取り憑きたかった！

――………。

――リリア？　冗談だよ？　だから拗《す》ねないでね？

――拗ねてないわよ、うるさいわね。

リリアは内心での不機嫌を押し殺しながら、改めてティナへと手を差し出した。きょとんとした様子でその手を見ていたが、すぐにリリアの意図することが伝わったのか、その手を両手で握りしめた。

嬉しそうに破顔しているティナを見ていると、リリアも何故だか嬉しくなってくる。これがこの子の魅力なのだろうか。少なくとも、リリアにはないものだろう。

「それでは、ティナさん。お友達になったことですし、気楽にお話ししましょうか」

「え？　それって……」

「普段の口調でいいわよ。私もそうするから」

ティナは思考が停止したように一瞬固まっていたが、すぐに小さな声で、

「う、うん……。分かった。よろしくね、リリアーヌ様」

「その呼び方も必要ないわ。親しい人はリリアと呼ぶの」

「え、と……。リリア様……」

「呼び捨てで」

「り、リリア……」

「はい。よろしい」

——リリア。楽しんでるでしょ。

——からかいがいがあるわね、この子。

——こらこら。

そう言うさくらもどこか楽しそうな声音だった。さくらの指示はないのでとりあえず今はこれでいいだろう。リリアは一人で満足して、それでは、とティナへとまた意識を向ける。

「私は戻ってきたばかりだから、まだ色々と準備があるの。これで失礼するわね、ティナ」

「は、はい！　お忙しい中呼び止めてしまい、申し訳ありません！」

ティナの言葉を受けてリリアが不機嫌そうな顔になると、ティナは慌てたように言い直した。

「えっと……。呼び止めてごめんね、リリア」

「よろしい。構わないわ。こうしてお友達になれたわけだしね」

そう言って微笑みかけると、ティナも照れくさそうに笑った。挨拶を交わし、部屋へと急ぐ。

ずっと黙していたアリサも、当然ながら後を追ってきた。

「ご立派でした、リリア様」

ありがとう、と返事をしつつも足は動かす。その場から逃げるかのように。

――さくら。あれで良かったのよね？　変に思われてないわよね？

――今までのことを考えるとどう考えても変だよ。偽者疑惑が出てくるね！

――ふざけないで。

――つれないなあ。まあ、うん。上出来だよ。むしろ予想の斜め上をいったね、いい意味で。いきなり友達になるとは思わなかった。

リリアが足を止める。後ろのアリサも足を止めて、首を傾げながらもリリアの動きを待つ。

――ああ、大丈夫だよ。さっきも言ったけど、上出来だから。よくがんばりました。

――なら……いいわ……。

自分でもかなり急ぎすぎていたとは思う。何も友達宣言までしなくても良かっただろう。特にこれまで辛く当たっていただけに、きっとティナは今頃気味悪く思っているはずだ。そう考えると、次にどんな顔で会えばいいのか分からない。

――あの子は普通に喜んでいたと思うけどね。

さくらのその言葉は、さすがに信じることができなかった。


三階の部屋はすべて同じ造りだが、そのどれもが一人で生活するには広い部屋だ。リリアの部屋も同様であり、屋敷の自室ほどではないにしろ、快適な暮らしができるように考慮されている。

入ってすぐの最初の部屋には生活に必要な家具が配置されており、そのどれにも埃《ほこり》一つついていない。二週間以上留守にしていたとは思えないほど、掃除が行き届いている。この部屋の側面の壁には扉が二つあり、そこは寝室と浴室に繋がっていた。

寝室を覗《のぞ》いてみると、リリアが使っているベッドの隣に、一回り小さいベッドがもう一つ用意されていた。屋敷にいる間にリリアが頼んだものであり、アリサが使う予定のものだ。そのベッドがあることを確認して扉を閉めた。

「私はベッドは必要なかったのですが……」

「床で眠るつもり？　それとも椅子？　どちらにしても私が気になるから使いなさい」

「はい……。ありがとうございます」

やはり同じ部屋で寝るというのは抵抗感があるものだろうか。本来なら使用人は別の部屋で休むものなのでそう感じるかもしれないが、リリアも撤回するつもりはないので慣れてもらうしかない。

リリアは部屋の中央に配置されている椅子に腰掛けると、ゆっくりと息を吐いた。

「リリア様。私はお荷物の確認をしてきますね」

「ええ。お願い」

アリサが一礼して寝室へと向かう。リリアの荷物は前日のうちに運び込まれている。故にリリアはここまで手ぶらで来ることができた。

――さて、リリア。明日からはどうする？

さくらの声に、リリアは少し考えて、答える。

――何も深く考えることはないでしょう。授業に出るわ。

――うん。現実逃避はよくないね。王子とティナのことだよ。

う、とリリアが言葉に詰まり、視線を窓へと向ける。入ってきた扉の反対側にあるその窓からは外の景色がよく見える。しばらくそれを見つめていると、

——おーい、リリアー、帰っておいでー。

さくらの声。リリアは頬を引きつらせながら、答える。

——ちゃんと、考えてる……。

——へえ。じゃあ、王子様と会ったらどうするの？

——できるだけ避ける……。私はもうクロード様のことは諦めたつもりだけど、でも実際に会ってしまったら、どうなるか分からないから……。

——まあ賢明な判断だね。で、ティナは？　お友達とはどうするの？　さすがに避けられないよ？

そんなことはさくらに言われずとも分かっていることだ。ティナに関しては無視するわけにもいかない。リリアから友達になろうと言った以上、避けるようなことは、自分の言葉を覆《くつがえ》すようなことはできない。

ティナだけならいい。会って、先ほどのように話をすればいいだけだ。問題は、そうしているとほぼ間違いなく王子が出てくるだろうことか。

——ちなみに私は、この件に関してはあえて何も言わないよ。リリアのしたいようにしてみてね。

——私を……試すつもり？

——さて、どうかな。

くすくすと、楽しげに笑うさくら。リリアは重たいため息をつき、そしてすぐに気持ちを切り替

えるように首を振った。

――さくら。勉強をしましょう。

――おお、リリアから言うなんて珍しい！

言葉はからかっているものだが、本当に驚いているらしい。確かにリリアは、初日以外は自分から勉強をやろうとはしていない。いつもさくらに促されている。その理由は単純で、さくらの話が難しすぎて、少し辛いと思ってしまっているためだ。

だが今日だけは、それでいいと思う。また現実逃避だと言われるかもしれないが、とにかく何かに集中したい。

――でも、今日は別の人を教師にしようか。

さくらから返ってきた言葉はそんなものだった。予想外の提案にリリアが目を丸くする。自分にしか聞こえない声のさくらが、いったいどうやって他の人に頼むというのか。

――アリサは魔法に詳しいはずだから、今日はアリサから魔法について学びましょう。はい、本人に相談する！

そう言えば、と思い出す。リリアは屋敷に戻っていた間、魔法の勉強は一切していない。さくらから他のものを学ぶようになってからも、魔法と作法だけは触れていなかった。その点、アリサはさくらが分からないものについて詳しい。まるでさくらを補うためにいるかのように。

だがそれでも、メイドから学ぶというのはどうしても避けたいものがある。リリアが難しい表情で唸っていると、

「リリア様、いかがなさいました？」

いつの間にか、目の前にアリサが立っていた。いつものメイド服に、リリアを心配そうに見つめてくる瞳。リリアは薄く苦笑すると、何でもないと首を振った。

「アリサ。貴方は確か、魔法に詳しかったわよね？」

「え？　そう、ですね……。奥様に比べると児戯《じぎ》のようなものですが、学園を卒業できる程度のものまでなら覚えています」

——なにこの子、実はすごいの？

——うん。もともと魔法が苦手なリリアのためにできるだけ魔法に詳しい子、てことで雇われてるから。

——初耳なんだけど。

——聞いてるはずだよ。聞くつもりがなかった頃だと思うけど。

ということは引きこもる前の話だろう。そうであるなら、確かに興味のないことはほとんど聞き流していたと思う。

——私は魔法が苦手、ということでもなかったけど。

——よく言うよ。いつもお母さんと比べられて、お母さんほどできない自分に自己嫌悪していたくせに。

——………。

リリアの魔法の成績は、中の上、もしくは上の下、といったところだ。悪くはない成績なのだが、身内にいる比較対象が悪かった。リリアの母、アーシャは数多くの魔法を生み出している。当然ながら学園での魔法の成績も常にトップだったらしい。そんな母を持つが故に、いつも誰かに比べられていた。

アーシャ様ならこんなものはすぐに理解するのに。

アーシャ様ならこの程度の魔方陣、何も見ずとも描けるのに。

アーシャ様なら。アーシャ様なら。お母様なら。

それに比べてリリアーヌ様は。それに比べて、私は……。

「リリア様」

アリサの呼びかけに、リリアははっと我に返った。見ると、アリサが心配そうにこちらの顔をのぞき込んでいた。

「大丈夫ですか？　どこかお体の調子が悪いのでは……」

リリアは首を振って苦笑する。

「大丈夫よ。アリサ、私に魔法を教えてくれる？」

アリサは何度か目を瞬《またた》かせると、すぐにどこか嬉しそうに頷いた。

さくらはアリサの講義を、リリアを通して聞いていた。リリアは基礎はできているので、応用に関することが多い。それを聞きながら、さくらはここに来る前に聞いた話の一部を思い出していた。魔法に関することを。

この世界の魔法は、世界を構成する要素の一つである精霊と対話し、契約を交わし、力を行使するための魔方陣を用意して使用することができるものだ。精霊たちはすべての魔法に一つ一つ、力を貸し与えるための条件をつけている。それが一つでも守られていなければ、魔方陣を用意しても無駄になる。

この世界に魔力という概念は存在せず、あるのは精霊と対話できる才能と、魔方陣を描くことができる知識量のみ。知識さえあれば万人が使うことができる。それがこの世界の魔法だ。

精霊との対話も魔方陣を作るために必要なものであり、魔法の行使そのものには必要ない。ある意味では実にお手軽なものだ。

「いいなあ……」

さくらはリリアを通してアリサの説明を聞く。興味深そうに。羨ましそうに。

「私も使ってみたいなあ……」

魔方陣さえ用意すれば誰でも使える。そのなんと素晴らしいことか。それなら間違いなく、自分でも使えるのだから。

アリサが何かの本を開き、それに載っている魔方陣を一つずつ説明していく。リリアはただ説明を聞いているだけのようだったが、さくらはその魔方陣を食い入るように見つめ、そのすべてを頭に叩き込んでいく。

「いつか使えたらいいな」

楽しそうなその言葉を、人が見たら底冷えするだろう冷たい笑顔で呟いた。

太陽が沈み、街がゆっくりと眠りにつき始めた頃、ようやくリリアは目の前の本を閉じた。対面に座るアリサは、己の主人の前だというのに机に突っ伏してぐったりとしている。リリアは怒ることはせず、仕方がないなと苦笑するだけだった。

「アリサ。そろそろ夕食にしましょう」

「はい……。食堂で……何かもらってきます……」

立ち上がり、覚束《おぼつか》ない足取りで扉へと向かう。リリアはそんなアリサの背中を心配そうに見つめていたが。特に何を言うでもなく出て行くまで見送った。テーブルの上に置かれている小さな時計を見て、リリアは首を傾げた。まだこんな時間か、と。

「情けないわね。この程度で疲れてしまうなんて」

──あはは。いい感じで感覚が狂ってきたね！　普通の人なら六時間も休憩なしに勉強をしていたら疲れるよ。

──ちょっと待ちなさい。まるで私が普通じゃないみたいじゃない。それにそもそも、貴方が発端でしょうに。

──何の話かな？

楽しげなさくらの声に、リリアはこめかみを押さえながらため息をついた。

屋敷でのリリアの生活は、朝早くに起床、その後は食事や入浴など以外はほとんどが勉強というものだった。少なくとも十二時間以上は毎日勉強していたことになる。当初はリリアも一日の終わりの頃には疲れ果てていたものだが、三日程度で慣れ始め、今では苦にもなっていない。

——リリアは勉強は嫌いじゃないんだよ。だからすぐに慣れるし、続けられる。

——誰も嫌いだなんて一言も言ったことないけど。

——………。そう言えばそうでした。

これも知識違いか、とさくらの小声が聞こえたが、ひとまず気にしないことにした。

それからしばらくして、アリサと、もう一人、メイド服姿の女が料理を運んでくる。学校に雇われている使用人の一人で、特定の主を持たず、この寮の清掃などといった維持を担当している。当然ながら一人ではないし、リリアたちが雇っているわけでもないのでリリアたちが命令することはできない。あくまで、手伝ってほしい時に依頼する形になる。

「リリア様、お待たせしました」

アリサがリリアの目の前のテーブルに食事を並べる。並べられたものは、アルディス家の朝食と似通ったメニューだった。

「なにこれ……」

「申し訳ございません、アルディス様。このお時間になりますと、この程度のものしかご用意できませんでした」

女が深々と頭を下げる。そのままリリアの言葉を待つ。まるで、いつでも怒鳴ってくださいと言っているかのように。そして眉間にしわを寄せていたリリアも当然のように罵声《ばせい》を浴びせようとして、

――リリア。

さくらの声で我に返った。

――はい、深呼吸。

さくらに促されるまま、ゆっくりと息を吸って、吐き出す。そしてもう一度女へと視線を向けると、少しだけ顔を上げて怪訝そうにしている女と目が合った。

「アルディス様？」

何も言わないリリアに不審を抱いたのか、疑わしげにリリアを見つめている。リリアはその目をしっかりと見返して、言った。

「構いません。このような時間に夕食を頼んだ私に非があります」

女が目を見開き、アリサは嬉しそうに微笑む。女は再度しっかりと頭を下げると、退室していった。

――これでいいのよね？

――ばっちりだよ！　さすがはリリア、惚れちゃいそう！

――え、やだ。

――ちょっと、冗談にまじめに拒否しないでよ、へこむから……。

尻すぼみになるさくらの言葉に、リリアはわずかに口角を上げる。

「それじゃあいただきましょう。アリサはそこに座っていいわよ」

「そこって……。同席、ですか。いいのですか？」

「私がいいと言っているの」

ばした。

「はい。失礼しました」

アリサは終始どこか嬉しそうだ。リリアは少しだけ不思議に思いながらも、遅めの夕食に手を伸

翌日。リリアはアリサに起こされて目を覚ました。おはようございます、と頭を下げるアリサに

リリアも笑顔を浮かべた。

「ええ。おはよう、アリサ。いい朝ね」

「はい。とてもいいお天気ですよ。朝食はこちらで取りますか？」

アリサの問いに、リリアは少し考える。まだ目覚めきっていないために頭がしっかりと回転しな

いが、とりあえずは食堂は避けておきたいと思ってしまった。

「ええ。お願いできる？」

「畏まりました」

恭しく一礼して、寝室を出て行く。リリアはその背中を見送ってから、小さくため息をついた。

——おはよう、リリア。学校初日だね！　楽しみだね！

——おはよう。あまり言わないでほしいのだけど。

正直、学校のことを考えると未だに憂鬱《ゆううつ》になる。だがこればかりは逃げるわけにもいかない。す

でに一日逃げているのだからなおさらだ。リリアは小さくため息をつくと、ベッドから抜け出した。

寝室の隅にあるクローゼットを開く。学校指定の制服が五着用意されている。すべて同じ制服で、

リリアのサイズに合わせたものだ。リリアはそのうちの一着を手に取ると、手早く着替えた。そし

て少し考える素振りを見せ、すぐに鏡の前に立った。

――本当に……このままでいいの？　化粧は？

――リリアには必要ないよ。そのままでもすごく可愛いよ？　むしろ今までが厚化粧で気味悪かったし。

――そう……。そうなの……。

ふらふらとベッドまで戻り、座って頭を抱える。どうしたの、と問いかけてくるさくらに、

――何でもない……。ちょっと、傷ついただけ。

意味が分からなかったのか、さくらから不思議そうな気配が伝わってくる。リリアは何も言えずに、重いため息をついた。

さくらに化粧の駄目だしを受けたのは、ここに来る直前だ。学校に来る時に、念のためにといつもの化粧をして馬車に乗り込んだ。そして、就寝前に言われた一言が今でも心に突き刺さる。

――リリア。あの化粧、気味悪い。気持ち悪い。明日からはしない方がいいよ。

誰にも、何も言われなかった。だからこれでいいのだと思っていた。いつからか母親を真似て自分で化粧をしていたのだが、周囲はずっとそんなことを思っていたのだろうか。

というよりさくらもさくらだ。屋敷にいる間に言ってくれればよかったのだ。なぜよりにもよって就寝前なのか。ふて寝同然になってしまった。

寝室の扉がノックされる。続いてアリサが顔を出した。

「リリア様。朝食をお持ちしましたが、準備はお済みですか？」

「ええ……。今行くわ」

そして寝室から出たリリアを見て、アリサは目を丸くした。まじまじと自分を見つめてくるアリサに首を傾げると、アリサは慌てたように頭を下げた。

「申し訳ありません。その、少し意外でして……」

「何が？」

「今日は化粧をされていないのですね」

リリアが頬を引きつらせた。不思議そうな表情をするアリサへと、リリアは問う。

「アリサ。本音で答えてほしいのだけど」

「はい」

「私の今までの化粧は……どうだった？」

今度はアリサが凍り付いた。何かを言おうとして、しかしすぐに口を閉じてを何度か繰り返す。それだけでアリサがどう感じているのか察しがつく。本音で、というリリアの命令に従うべきか、それとも建前を並べるべきかと判断に迷っているのだろう。迷う時点で答えは決まっているのだが。

リリアは小さくため息をつくと、眉尻を下げながら微笑んだ。

「いいわ。ありがとう」

「あ……。その、申し訳ありません」

「いいのよ。アリサ、私は変わりたいの。何かあれば、ちゃんと言いなさい」

畏まりました、と頭を下げるアリサに、リリアは満足そうに頷いて、朝食が並ぶ席についた。

後から聞いた話だが、その時のリリアの背中はひどく小さく見えたそうだ。

朝食を済ませたリリアは校舎へ向かうために部屋を出て、階段へと向かう。リリアが戻ってきていることを知らなかったのか、すれ違う生徒全員がリリアを見て驚いていた。目が合う生徒には全員に笑顔を見せている。

以前は見られるたびに睨み付けていたものだ。今日もそうしようとしたところで、さくらから止められた。

——リリア。仲良く。

仕方なくさくらの指示に従い、ここ一週間で急激にうまくなったと自信を持って言える作り笑いを貼り付けている。さくらから見ればまだまだの笑顔らしいが、向けられた方は顔を赤くして目を逸らしていた。

——早く教室に行かないと。あの子と会ってしまうわ。

——いやあ、無駄だと思うよ。私が知ってる通りのあの子の性格なら……。まあいいか。行けば分かるよ。

さくらの言葉にリリアは怪訝そうに眉をひそめた。そして、すぐにその言葉の意味を知ることになる。

「リリア様。ティナ様です」

一階に下りたとたん、前を歩いていたアリサがそう告げた。え、と顔を上げる。まだ朝の早い時間なためか、エントランスにそれほど人はいない。それ故に、すぐに気づいた。

エントランスに並べられたテーブルの一つに、ティナがいた。テーブルの上にはカップが三つ用意されている。誰かと話をしていたのか、それとも……。直感的に嫌な予感を覚え、引き返そうかと本気で迷う。だがここで無視するわけにもいかないだろう。アリサが、何を期待しているのかじっとこちらを見つめているのだから。

——友達がいるよ。

——くっ……！

さくらの言葉がすべてを代弁しているような気がする。リリアは仕方なくティナへと近づくと、その肩へと手を置いた。

「おはよう、ティナ」

「え、あ……。ああ！　おはようございます！」

ティナが勢いよく立ち上がり、頭を下げてくる。リリアは小さくため息をつくと、じろりとティナを睨み付けた。それだけでティナは表情を強張らせる。

「えと、その……。おはよう、リリア」

「よろしい」

リリアが満足そうに頷くと、ティナは安堵のため息をついた。

「それで、こんなところで何をしているの？」

「うん。リリアを待ってたの」

嫌な予感が的中してしまった。頬を引きつらせながら、リリアは何とか笑顔を維持する。

「へえ。どうして？」

「少しお話ししたいなって……。それに、友達になれたのだって夢じゃないかな、って……。ねえ、リリア。本当に友達だよね？」

上目遣いでそう聞いてくる。リリアは一瞬だけ視線を彷徨わせてしまうが、すぐにティナの瞳へと視線を戻した。正直避けるつもりであるし、王子とのこともある。できるだけ会わないようにしようと言うために口を開いた。

「貴方は何を言っているのですか。リリア様が言葉を違《たが》えるはずがないでしょう」

アリサの言葉に、リリアは凍り付いた。

「そ、そうですよね！　アリサさんの言う通りです！　私がどうかしていました！」

「当然です。リリア様ですよ。間違いありません」

何だこの信頼は。

——ぐさりと……ぐさりときたわ……。

——あ、あはは……。どんまい、リリア……。

どうやらリリアにティナを避ける選択肢はないらしい。リリアは重いため息をつくと、ティナの対面に座った。それに気づいたアリサもその隣に座り、ティナは嬉しそうにカップに紅茶を注いでいく。

「それで？　何の話をするの？」

「え？　あ……。考えてない……」

ティナがそこで黙り込み、リリアとアリサも唖然としてしまう。誘っておいて話題を用意していないとはどういうつもりか。リリアが目を細めていくと、さくらの声が割って入った。

——リリア。友達とおしゃべりするのに用意なんてしないよ。

——そうなの？

——うん。少なくとも私はしなかった。

——ああ、だから貴方はそうなのね。

——ちょっと待ってどういう意味かな！

ぎゃあぎゃあ叫ぶさくらを無視してティナを見る。目が合ったティナは、そうだ、と手を叩いた。

「お化粧」

「はい？」

「今日はお化粧、していないんだね。最初、誰か分からなかったよ」

リリアが動きを止め、アリサが頬を引きつらせ、そしてさくらは楽しそうに笑った。

——容赦なく地雷を踏み抜いたね！　リリア、ティナは知らないんだから、怒っちゃだめだよ？

——安心しなさい。私の怒りは貴方に向いているわ。

——安心できる要素がないよ⁉

さくらと短く言葉を交わし、荒れそうになる心を落ち着かせる。はがれそうになる笑顔の仮面をもう一度貼り直し、言う。

「似合ってない、と言われてしまったのよ。そのままでいいって。やっぱり変よね？」

「そんなことない！　今の方がずっといいよ。やっぱりリリアって美人さんだったんだなって思える」

「え？　それはつまり今まで……、え？」

リリアが目を見開き、失言だったと気づいたのかティナは勢いよく視線を逸らし、その視線を向けられたアリサは我関せずとばかりに紅茶を飲む。なんだこれ、という声がリリアの頭に響いた。

リリアはティナの言葉をしっかりと考え、理解し、そして力なく微笑んだ。

――さくら。私の美意識はずれているみたいだから、今後ともお願いね。

――現実逃避よくないよ？　一緒に勉強しようね。

さくらの言葉が胸にしみる。さくらがいて良かった、と少しだけ思うのと同時に、こいつが何も言わなければこんな悲しみを味わうこともなかったのでは、と思い直す。ただ長期的に見ればやはり気づけて良かったことなので、何も言わないことにした。

「ティナ。アリサ。時間があれば、私に似合う化粧でも考えてもらえない？」

リリアがそう言うと、アリサが苦笑、ティナは驚きからか一瞬動きが固まった。そしてすぐに笑顔になり、頷いた。

「うん！　任せて！」


その後は緊張がほぐれたのか、他愛ない雑談を続けていた。ティナの家族の話や、実家で飼っているというペットの話などを主に聞いている。それらの会話の中で、一つの話題だけはあからさまに避けられていた。

「ティナ。こんなところにいたのか」

その避けていた話題の張本人の声が、リリアの背後からした。リリアが表情を凍り付かせて動きを止め、アリサはその声の主を一瞥してリリアを心配そうに見て、ティナは焦《あせ》りからか表情をわずかに歪めていた。

「殿下……。今日はお早いのですね」

ティナが平静を装いながら言う。ただその声は隠しようもなく震えていた。それに気づいていないのか、それともあえて気づかないふりをしているのか、声の主、この国の王子はそのまま話を続ける。

「ああ。リリアーヌが戻ってきたと聞いたんだ。それでティナが心配になって、早めに出てきた。ティナも今日は早いじゃないか。いつもならもう少し遅いだろう」

「ええ。その……。少し、お話をと思いまして……」

「ふむ」

王子は少し歩き、ティナの隣へと移動する。そしてリリアの顔を見た。さすがに王子から目を逸らすわけにもいかず、リリアも作り笑いで対応する。

見られた。同じ学校なのだからいつかは会うだろうとは思っていたが、こんなに早く会うことになるとは思わなかった。心が早鐘《はやがね》を打ち、緊張で胸が苦しくなる。

そして、王子が口を開いた。

「初めて見る顔だな。ティナの新しい友人か？」

ティナとアリサが息を呑む。この王子の言葉は完全に予想外のものだ。リリアは頭が真っ白になり、表情は抜け落ちていた。

「で、殿下。本当に分からないのですか？」

「ん？　私も会っているのか？　そう言えばどこかで見た覚えが……」

その会話が頭に入ってこなかった。思考は完全に停止して、ただただ呆然としている。

――リリア！　しっかりして！

さくらの声に、少しだけ頭が回転し始めた。同時に、王子の言葉が頭の中で再生される。こいつは、今、何を言った？

そして思い出した瞬間、リリアの心は急速に冷めていった。

――さくら。平気よ。

――でも……。

――平気。ふふ、むしろ頭が冷えたわ。私はどうして、こんな男を好きになっていたのでしょうね。

確かに婚約そのものは親が決めたものだ。だがそれでも、リリアは王子が好きだった。一目惚れだったのだが、確かに好きだったのだ。そのために、ティナに取られたくなくて嫌がらせをしたのだから。

だというのに、この男にとっては自分などどうでもいい存在だったのだろう。確かにティナもリリアを見た時は最初誰か分からなかったと言っていたが、この男は幼い頃にとはいえ、化粧をしていないリリアを何度も見ているはずだ。それなのに、リリアに気づかなかった。

ああ、とリリアは内心でため息をつく。この男にとって、自分は取るに足らない存在だったのだ、と気づかされた。それだけで、十分だ。

そしてリリアは、笑った。

「ひっ……」

周囲から短い悲鳴が漏れる。いつの間にか周囲から好奇の視線を向けられていたらしい。そしてリリアの笑顔を見た何人かが、口を手で覆《おお》っていた。その笑顔に気づいたティナとアリサですら、わずかに頬が引きつっている。

リリアはゆっくりと立ち上がると、王子へと口を開いた。

「お久しぶりですね、殿下」

「ん？　その声……。まさか、リリアか、リリアーヌか⁉」

王子の驚愕の声に、リリアは笑みを深くする。本当に気づいていなかったのか、と。

「お前、ここで何をしている？　またティナに何かしているのか？」

「そのようなことはありません。ティナさんと少しお話をしていただけですよ。平和的に、ね」

「信じられるか」

嫌悪《けんお》を隠そうともしない王子の声。本当に、何故このような男を好きになっていたのだろうか。

「あら、別に殿下に信じてもらおうだなんて思っていません。事実を述べたまでです。それとも、貴方は何もしていない私を悪者にしたいのでしょうか？　したいのでしょうね。ええ、よく分かりますわ」

あまりな言い方にティナとアリサが蒼白になる。王子は逆に、顔を赤くしていた。

「貴様……。不敬にもほどがあるぞ」

「あら。ここは学園の敷地なので不敬罪は存在しませんよ。それとも何ですか？　無理やり外に連れ出して不敬罪としますか？　まあ、怖いですわ」

王子の顔が激しい怒りに歪んでいく。リリアはそれを楽しげに笑いながら見つめ、やがてふっと嘲《あざけ》るように笑った。

「ご心配なく、殿下。私がティナさんに嫌がらせをすることはありません」

「そんなこと信じられるわけが……」

「だって……」

もう貴方には何の興味もありませんから。

言われた言葉の意味が分からなかったのか、王子は間抜けに口を開いて固まった。リリアはくすくすと小さく笑う。それを聞いた周囲の誰もが、一歩、後ろに下がった。

「それではティナさん。私は教室に向かいますね」

話を振られたティナはびくりと体を震わせ、しかしすぐに頭を振って笑顔を浮かべた。

「はい。ありがとうございました、リリア様」

「アリサ。私の部屋を掃除しておきなさい。後は自由時間でいいわ」

「畏まりました」

立ち上がり、アリサが恭しく一礼する。リリアは満足そうに頷くと、では、と王子へと顔を向けた。

「ごきげんよう、殿下。二度と私に話しかけないでくださいね」

満面の笑顔でそう言って、完全に固まる王子を置き去りにしてリリアはその場を後にした。

寮を出て、すぐ側にある校舎に入る。そして誰もいない教室を見つけると、リリアはそこに入って鍵を締めた。そのままその場に、崩れるように座り込む。

「……っ」

瞳から涙が溢れた。堪えようとしても止めどなく溢れ続け、リリアの顔と服を濡らしていく。声も抑えきることができず、嗚咽《おえつ》が何度も漏れてしまう。

――リリア……。

頭の中に響く声は、リリアを気遣ってか優しげな声音だった。だがそれに返事をすることはできない。

自分の初恋の相手は王子であり、婚約した以上は王子も自分のことをそれなりに好いてくれていると思っていた。だがそれはリリアの願望であり、ただの幻想だった。王子はまずリリアに興味すら持っていなかったのだから。

――リリア。良い子だから、泣きやんで。ね？

そんなことを言われても、自分の意志で止めることができない。止められるなら、まず泣いていない。

そのまましばらく泣き続け、そしてふと気が付いた。

――……ひっく。

さくらの、嗚咽。

――どうして貴方が……泣いているのよ……。

――だって……。リリアの気持ちを考えると私まで悲しくなっちゃうから……。

勝手なものだ、と思う。結局はさくらのそれは、想像のものだ。自分の気持ちを理解しているとは思えない。

それに、とさくらが続ける。

――リリアのことを抱きしめてあげたいのに……私じゃ何もできない……。

「……っ」

リリアは思わず目を剥いた。そんなことを考えているとは思わなかった。何故、と考え、すぐに自嘲する。さくらはいつも、リリアのことを考えてくれている。だからこそ、今回のことも自分のことのように傷ついているのだろう。

――リリア、ごめんね……。何もできなくて、ごめんね……。

――気にしなくていいのよ……。気にしなくて、いいの……。

さくらとリリアの嗚咽が重なる。さくらはリリアの中で、リリアは誰もいない教室で、静かに泣き続けた。


――リリア。落ち着いた？

さくらの声に、リリアは顔を上げた。ここに入ってからどれだけの時間が過ぎただろうか。少なくとも授業はもう始まっているはずだ。本来なら急がなければならないが、リリアは目元に触れてため息をついただけだった。

――落ち着いたわ。けれど、授業には出られないわね。

――まっかっかだね、はれてるね。王子にあれだけ言っておいてその顔だと情けないね。

――うるさいわね、分かってるわよ。

リリアは立ち上がると、服についた汚れを簡単に払った。扉からそっと顔を出して辺りを窺う。微《かす》かに人の話し声が聞こえるが、少なくとも近くには誰もいないようだ。今なら寮の自室に戻るのも容易だろうが、アリサを心配させてしまうだろう。

──時間がもったいないし、図書室で勉強でもしない？

──そうね……。そうしましょう。

静かに教室から出ると、リリアは周囲を警戒しながら移動を開始する。誰かに見咎められても連れ戻されるようなことはないが、この泣きはらした顔を見られたくはない。後々誰に何を言われるか分かったものではない。

ほとんどの生徒が授業を受けているためか、二階にある図書室まで誰にも会わずにたどり着いた。静かに扉を開けて、体を滑り込ませる。すぐに閉じて、ふうと一息ついた。

この学園の図書室は、他の教室の十部屋分以上の広さがある。当然ながら本棚も多く並んでいるため、奥の方にいれば誰かに見られることは少なくなる。特に今のような授業中なら、生徒にはまず見つからないだろう。教師が一人必ずいるはずだが、この時間なら本棚の整理に追われているはずだ。よく使われる本はやはり手前の本棚なので、奥の方は死角になっている。

リリアは図書室の奥へと入っていく。最奥までたどり着いたところで、再び一息ついた。周囲の本棚を見てみると、この国の歴史についての本が数多く並んでいた。ここなら、人は来ないだろう。

──さて、紙もペンもないけど、勉強だ！　何教えようかなあ。

さくらがリリアに勉強を教える時、その声はとても活き活きとしている。本当に楽しそうな声で、しかしかなり厳しい。辛いこともあるが、さくらの楽しそうな声を聞いているだけで、もう少しがんばろうという気にもなれる。リリアがさくらの用意した難問に正解した時など、我がことのように喜ぶのでリリアの方が照れてしまうほどだ。

今回もやはりとても楽しそうに考えていたが、しかしリリアはそれを遮った。

——さくら、その前に貴方の意見を聞いておきたいことがあるのだけど。

——ん？　なにかな？

——これから……ティナとどう会えばいいのかしら？

ああ、とさくらが唸り、静かになる。きっと何かしら考えてくれているのだろう。リリアももう一度考えてみるが、どのような顔をして会えばいいのか分からない。

王子はティナが好き、だと思う。そしてティナも、王子を嫌ってはいないはずだ。ティナが王子に対して好きだという言葉を言ったことはないが、そう考えても問題はないだろう。でなければ自分の立つ瀬がなくなる、というのもあるが。

リリアは王子と完全に決別した。リリアから突き放したのだから、和解などまずあり得ないだろう。自分と友人になったティナは、王子とリリアとの間に立ってしまうことになる。それがとても申し訳なく思ってしまう。

——ティナが心配なの？

さくらの問いを、リリアは鼻で笑った。

——あの子のことなんて関係ないわね。私に火の粉が飛んでくるのが気にくわないだけよ。

——うん。そういうことにしておくね。

——どういう意味よ……。

——あはは。本題だけど、そんなに気にしなくていいんじゃないかな。多分ティナは、二人が鉢合わせしないように、程度の気は遣うと思うけど、それだけだと思うよ。王子もリリアの話題には触れないようにするだろうし、リリアから振らない限りは気にしなくていいと思う。

そういうものだろうか。リリアはまだティナの人となりが分からないので判断することができない。

──むしろ距離を取ると余計にティナが気を遣うと思うよ。今朝みたいにすればいいんじゃないかな。

──それが難しいのだけど。

──うん。がんばれ！

──他人事だと思って……。

苦笑しつつ、しかし反論はしない。リリアが答えを出すことのできないものなのだから。

──さて、それじゃあ今度こそ勉強だ！

さくらが今度こそと叫んだのと、

「あれ……？　どなたかいらっしゃいます？」

その声が聞こえたのは同時だった。

「……っ！」

息を呑み、ゆっくりと振り返る。そこにいたのは、見覚えのない少年だった。短い銀髪の少年で、学校の制服を着ていることから生徒だと分かる。ただこちらに見覚えはなくとも、彼にはきっとあるだろう。この学園でリリアのことを知らないという者はほとんどいない。

そう思っていたのだが。

「えっと、先輩、でしょうか。授業はいいんですか？」

リリアを知らないようだが、これは本当に知らないのか、リリアには判別がつかない。

——さくら。この子のことは知ってる？

——ごめん、知らない。悪い子ではなさそうだけど……。

——そう……。

ならばもう少し様子見か。リリアがそう決めて、笑顔を貼り付けた。

「私は少し調べ物があってここにいるの。君は？」

——すごい猫かぶりだ！　猫リリアだ！

——黙りなさい。

頭の中で叫ぶさくらに苦言を呈し、少年の反応を窺う。少年はすぐに答えてくれた。

「その……。僕はここで勉強しています。クラスに馴染《なじ》めなくて……。幸い試験の点はそれほど悪くないので、見逃してもらっています」

——え、ありなのそれ？

——ありなのよ。試験で結果さえ出しておけば、授業に欠席していても許されるわ。でないと私は二週間も休めないわよ。

——ああ、なるほど。言われてみれば確かに。

だが、とリリアは思う。一人で勉強は確かにできるだろうが、効率がいいとは言えないだろう。クラスに馴染めなくても、授業ぐらいは出るべきだと思う。そんなことを言ってみると、少年は曖昧に笑っただけだった。

——訳あり、かしらね。

——どうするの？

――助けを求められたわけでもないし、無視しましょう。

少年とはここでたまたま会っただけだ。わざわざ助けてやる義理はないし、そもそもリリアにもそんな余裕はない。時間的にも、そしてそれ以上に精神的にも。

「深くは聞かないわ。まあがんばりなさい」

リリアはそう言うと、少年の横を通ろうとする。だがリリアが通る前に、少年が何かを差し出してきた。見ると、小さなハンカチだった。

「なに？」

「その……。泣いていたようだったので……。よければ、使ってください」

これにはリリアだけでなく、さくらも驚いたようだった。まさか本当に、リリアのことを知らないのだろうか。

「貴方は……本当に私を知らないの？」

直接的に聞いてみると、少年は首を傾げただけだった。

「どこかでお会いしましたか？」

それを聞いたリリアは、わずかに呆け、そして思わず笑みがこぼれていた。

少し考え、言う。

「私はリリアよ。よろしくね」

「あ、えっと……。レイ、です」

どうやらリリアが家名を名乗らなかったことを察してくれたらしく、レイもまた、家名を名乗らなかった。

「レイね。覚えておくわ。それじゃあ私は……。なに？」

出口へと歩こうとしたところで、リリアはすぐに足を止めた。リリアの袖を、レイがそっと掴んでいる。リリアが首を傾げていると、レイは上目遣いに言った。

「その……。少しだけお話ししませんか？　一人だとちょっと寂しくて……」

ならば自分のクラスに戻ればいいのに、と思うが、それはリリアが言うことでもないだろう。リリア自身、未だ教室に戻れる状態とはなっていないため、付き合うのも悪くはない。リリアはそう結論づけると、分かったわと頷いた。

レイに案内されたのは、図書室から繋がっている小さな個室だ。テーブルと椅子が一組あり、部屋の隅には椅子がいくつも積まれている。

リリアはこの部屋に入るのは初めてだが、こういった場所があることは聞いている。共同研究や、一人きりで勉強をしたいという人のために用意されている部屋で、図書室から繋がる廊下に十部屋並んでいる。使用するためには事前申請が必要な部屋なのだが、去年から一室、常に使用されているという話を聞いたことがあった。それがこの部屋なのだろう。

テーブルには参考書や何かしらの資料の本が並べられていた。レイは、ここに戻ってくる時に持ってきたらしい本をテーブルの隅に置くと、積まれている椅子を一つだけ取りだしてリリアの目の前に置いた。

「どうぞ」

「ありがとう」

礼を言ってそこに座る。レイはそのリリアの対面に座った。

——本当にここで勉強してるみたいだね。

さくらの声に、リリアは視線をテーブルに並ぶ教材へと向けた。一年前にリリアが使っていたものと同じものだ。どうやらリリアよりも一つだけ年下らしい。リリアが参考書に手を伸ばして中を開くと、レイが慌てたように言った。

「す、すみません、片付けていなくて……！　すぐにしまってきます！」

「いいわよ、気にしなくても。ここで一人で勉強しているの？」

「はい……。そうです」

浮かしかけた腰を下ろしてレイが答える。リリアは参考書をめくっていきながら、こっそりとレイの目の前の紙へと視線をやる。ノートが広げられており、空白だらけの問題が書かれていた。

「分からないところでもあるの？」

え、とレイが間抜けな声を漏らし、そしてすぐに自分が開いていたままのノートが見られていることに気づいたのだろう、慌てて片付け始めた。

「すみませんすみません！　お見苦しいものを……！」

「別にいいわよ。それよりも、どうなの？」

「えっと……。はい、ちょっと分からないところがあります……」

「見せてみなさい」

そして当然のようにレイが片付けようとしていたノートを奪い取った。中を見て、空白の場所を確認していく。なるほど、とすぐにノートを閉じた。

「教えてあげる」

「え?」

「暇つぶしにはなるでしょう。教えてあげるわ。参考書を開きなさい」

ノートを返しながらのリリアの言葉に、レイは口を開いて唖然としていた。その様子に少しだけ苛立ち、指先で机を叩く。

「早くしなさい」

「は、はい!」

慌てて参考書を開くレイ。リリアはレイの隣に移動すると、問題を見て、そして解説を始めた。

――うん。なんだこれ。

さくらのつぶやきには誰も答えてくれなかった。


「今日はここまでにしておきましょう」

リリアがそう言って参考書を閉じると、レイは安堵のため息をついた。その様子にリリアが目を細め、口を開こうとしたところで、

――六時間も休憩なしに勉強を強要していたリリアが悪いからね? 怒るのはだめだよ?

――ああ……。もうそんなに時間が経ったの。

――うん。さすがにレイがかわいそうだったよ。……楽しそうだったから何も言わなかったけど。

さくらの言う通り、リリアは少し楽しく感じていた。特にレイは物覚えがよく、一度教えたことはすぐに覚えていってしまっている。そのため教えるのがとても楽しい。ただ、ぐったりと突っ伏すレイを見ると、どうにもやりすぎだったようだと反省する。

「ごめんなさいね、レイ」

リリアがそう言うと、レイが勢いよく顔を上げた。

「いえ！　とても分かりやすかったです！　ありがとうございます！」

そして勢いよく頭を下げてくる。リリアは、そう、と素っ気《そけ》なく答えたが、口の端が自然と持ち上がってしまっていた。

――あはは。リリア、嬉しそうだね。

――そんなわけないでしょう。

「それじゃあもう時間も時間だし、私は行くわね」

「はい。ありがとうございました」

もう一度頭を下げてくるレイを残し、リリアはその部屋を静かに出た。

図書室には、人の姿はまだほとんどなかった。どうやら授業は先ほど終わったところらしい。アリサを心配させないように真っ直ぐ戻ろう、と出口へと向かう。

「リリアさん！」

途中で呼び止められて、リリアは足を止めた。振り返ると、レイが立っていた。

「どうしたの？」

「あの……。時間があればでいいんですけど、また来ていただけますか？」

リリアは少しだけ目を丸くする。レイの意図を考えてみるが、思い浮かばない。何故この少年はこんなことを言っているのだろうか。

――リリアって時々、すごく馬鹿だよね。

――は？　喧嘩《けんか》を売っているの？

――そんなつもりはないよ。ただ、うん。何でもない。

さくらが苦笑する気配が伝わってくる。その意味も分からず、リリアはやはり首を傾げるばかりだった。

「そうね。気が向いたら来るわ」

意図が分からないため約束することはできない。だが断る理由もないためにそう言ったのだが、

「はい！　お待ちしてます！」

レイはとても嬉しそうな笑顔だった。


図書室から寮へと真っ直ぐに向かう。すれ違う生徒などから好奇の視線を感じるような気もするが、すべて無視する。話しかけられたなら応えはするが、見られているだけで反応してやる義理もない。

寮の自室に入ると、アリサの礼に出迎えられた。

「お帰りなさいませ、リリア様」

「ただいま。……ずっと部屋にいたの？」

「はい。そうですが」

「どこか出かけていてもよかったのよ」

「許可をいただいていなかったので……」

なんて融通《ゆうずう》の利かないやつだ、とリリアがわずかに眉をひそめると、さくらが苦笑した。

——復学初日だからね。リリアがいつ帰ってきてもいいように部屋にいたんじゃないかな。まあ、許可をもらっていなかったのもあるだろうけど、もらっていても今日はずっといてくれてたと思うよ。

——私はそこまで頼りないの？

——うん。二週間引きこもった以上、説得力はないね。

——む……。

さくらの言う通りだと思うので反論ができない。すでに引きこもりの前科があるのだから、アリサが心配するのも当然だろう。

——それに実際に授業に出てないしね！

——それは……。いえ、そうね……。

——やーい、不良めー。

——黙りなさい。

アリサに視線を戻す。アリサは心配そうにリリアを見つめていた。

「アリサ。私は大丈夫よ。明日からは出かけていてもいいから」

「そう、ですか？」

「ええ。それじゃあ私は寝室で勉強をするから、何かあれば呼んでもらえる？」

「畏まりました」

アリサから礼で送られ、リリアは寝室へと入った。扉を閉めてから、部屋の隅にある机に向かう。机の脇の本棚には、アリサが整理してくれたのだろう、教材などの本が種類ごとに並べられていた。

リリアは指示通りに紙とペンを机に置きながら、さくらの元気な声にわずかに笑みを漏らした。

——はーい。紙出してー、ペン出してー、がっつりいくよー！

——さくら。今日もよろしくね。

さくらの言葉を紙へと書き連ねていく。現在教わっているのは、算術だ。その中でも算盤《そろばん》と呼ばれているもので、さくらから適当な数字をいくつも聞いては、頭の中でその合計を計算していく。さくらの言う道具は用意できないので、計算のすべてはイメージで行っている。

——リリア。誰か来たよ。

さくらの声にリリアは顔を上げた。様々な数字を書いている紙を裏返しにし、扉へと振り返る。すぐにノックされた。

「リリア様。お客様です」

リリアが怪訝そうに眉をひそめた。この学校に自分を訪ねてくる者はいないはずだ。以前はリリアにも取り巻きというものがいたが、戻ってきてからはまだ姿を見ていない。

「誰？」

「ティナ様です」

リリアが驚きで目を丸くする。今朝会ったばかりだというのに、訪ねてくるとは思わなかった。いったい何が目的なのか。

——いやだからリリア、目的とかそんなこと考えたらだめだよ。友達だよ？

——何言っているのよ、ここは上級貴族の階よ。友達を訪ねるなんて理由で来てはいけない場所よ。

――いや、でも……。あれ？　まさかリリアに論破された⁉　屈辱だ！

――どういう意味よ。

釈然《しゃくぜん》としない気持ちになりながら、リリアは席を立つ。アリサと共に部屋の入口へ。扉を開けると、どこか緊張した面持ちのティナがそこにいた。

「リリアさ……。リリア。こんばんは」

また様付けをしかけたな、と思いながら、今回は途中で気づいたようなので何も言わないことにした。

「こんばんは、ティナ。何かご用？」

「用、というほどのものじゃないんだけど……。よければ一緒に、ご飯、行かない？」

「それは……。私は構わないけど、貴方はいいの？」

「うん。もちろん。友達とご飯を食べるのに誰の許可もいらないよね？」

何となくだが、王子がこの少女を好きになった理由が分かる気がする。プライドの高い貴族連中なら仲良くすることなどまず不可能だが、それさえなければこの少女はとても付き合いやすいだろう。

「分かったわ。行きましょうか。でもそれはついででしょう？　本題は？」

「え？　本題？　なに？」

ティナがかわいらしく小首を傾げるのを見て、リリアの頬が引きつった。背後からはアリサが苦笑するのが分かる。なぜだか少し恥ずかしくなり、わずかに頬を赤くしてしまう。

——ふ。やはり私の言うことが正しかったな。勝った。

——は？

——ちょ、怖いよリリア！　冗談だよ！

リリアが内心で舌打ちをすると、ひぃ、とさくらが怯えた声を漏らす。そんなさくらは放置することにして、リリアはティナへと笑顔を見せた。

「ごめんなさい、気にしなくていいわ。行きましょうか」

ティナは安堵のため息を漏らすと、はい、と頷いた。


食堂は寮の一階に二部屋ある。一部屋はとても広い造りになっており、寮に住む生徒や使用人など、多くの者が利用する。もう一部屋は先の部屋よりも一回り小さいが、ここを使うのは上級貴族だけだ。学校の規則として、敷地内では生徒の身分は考慮されないことになっているが、生徒の部屋といい食堂といい、やはり上級貴族は扱いが違っている。

リリアが広い食堂に入るのは、これが初めてのことだ。普段はもう一方を使うため、こちらに入ることはまずあり得ない。そんなリリアが食堂に入ると、部屋が静まりかえるのは当然のことだろう。

静かになった食堂を、リリアはゆっくりと睥睨《へいげい》する。リリアと目が合った誰もが、慌ててすぐに目を逸らしていた。わずかに不快感を覚え、やはりやめておくべきかと踵を返そうとしたところで、

「リリア、どうしたの？　行こうよ」

ティナの声。振り返ると、笑顔でこちらを見つめてくるティナと目が合う。一切目を逸らさず、

楽しげな笑顔だ。

「ええ、そうね。行きましょう」

思わずリリアも口角を上げてしまう。先ほどの不快感など綺麗さっぱり忘れてしまった。

食堂には長テーブルがいくつも並んでいる。ティナは静かになった食堂を、何も気にすることなく中へと入っていく。二つ並んでいる席を見つけると、リリアを手招きして呼んでくれた。

この静寂を気にしないのは、むしろリリアに気を遣っているのだろう。少しだけありがたく思っていると、

「リリアはここに座っていてね。注文してくるから。それにしても、今日はどうしてこんなに静かなんだろう？」

違った。何も気にしていないだけだった。

——もしかしてこの子、ちょっと天然？

——どうかしらね。

「リリア、代わりに注文に行くけど、何食べる？」

「貴方に任せるわ。同じものでいいから」

「分かった。ちょっと待っててね！」

ティナはそう言うと、奥の方、カウンターになっている場所へと向かう。カウンターの奥には大勢の料理人がいて、そこで注文して料理を受け取り、席につくという流れになっている。食堂の料理はすべて無料でお代わりも自由だ。これはもう一方の食堂も同様になっている。

リリアは椅子に深く腰掛けると、ゆっくりと息を吐き出した。周囲の生徒がようやく会話を再開

し始める。注目が少なくなり、ようやく落ち着くことができた。

ちなみにアリサは同行していない。邪魔しては悪いからと、学園の外の食堂へと向かったようだ。

ふと周囲を見る。いつの間にか向かい側と両隣の席がいくつか空いていた。軽く周囲を見ると、食事の載った盆を持ってそそくさと移動している一団がある。リリアを怖れて逃げ出したのだろう。少しだけ寂しさを覚えてしまう。

――やっぱりティナは良い子だね。

――そう、ね……。私はああはなれないわよ。

――さすがに求めてないよ。あんなリリアは気持ち悪いよ。

――いい加減怒るわよ？

――あはは。

心の中でさくらと雑談をしていると、ティナが盆を二つ持って戻ってきた。一つをリリアの目の前に置き、ティナはリリアの隣に座る。ティナが持ってきた盆の上には、湯気の立つ暖かそうな白いご飯に肉入りの野菜炒めの二品。それのみだ。

――どう考えても冷遇されすぎじゃないかな！

――部屋の違いだけだと思っていたわ……。こちら側はこんな夕食なのね。

夕食を持って来てもらうまで気にもしていなかった。少し離れた席に座る生徒の夕食を見る。リリアのものと大差ないものだった。

「どうしたの？　リリア」

ティナに問われ、リリアは慌てて首を振った。笑顔を貼り付け、何でもないと言う。

ティナと共に祈りを済ませ、そしてリリアは動きを止めた。どうやって食べればいいのか分からない。いやそもそも、ナイフとフォークはどこにいった。なんだこの、二つの棒きれは。

「あ、もしかしてリリア、お箸《はし》って使ったことない？」

「ああ……。これがそうなの。ないわね」

「そっか……。別のものを頼めばよかったかな。どうしよう……」

「ティナ。ちょっと使ってみせて。見て覚えるわ」

「え……」

ティナが一瞬呆けたような顔をするが、すぐに気を取り直して分かったと頷いた。リリアの目の前で、丁寧にお箸というものを持つ。見たこともない持ち方で、ティナが指を動かすとお箸も動き、実際に野菜炒めの野菜をつまんでみてくれる。

なるほど、とリリアは頷きながら、ティナの真似《まね》をする。初めてのためか、なかなか難しいが何度か動かすとすぐにコツを覚えた。ティナと同じように、野菜炒めの野菜を取って口に入れる。

「うん。悪くないわね」

リリアが満足そうに頷く隣では、ティナが今度こそ呆けていた。

「どうしたの？」

「あ、えっと……。リリアって、要領がいいというか……。わたしはお箸をちゃんと使えるようになるのにすごく時間がかかったのに……」

「へえ……。これがねえ……」

お箸を動かしながら、リリアは興味なさげに呟いた。そしてすぐに食事に戻る。

――なんというか、リリアって才能の塊《かたまり》というか……。すごいよね。記憶力がいいのかな。

――あら、褒めても何も出ないわよ。

――性格すごく悪いけど。

――…………。

付け加えられた嫌みにリリアはわずかに頬を引きつらせた。周囲の視線があることを思い出し、すぐに表情を隠す。笑顔で無理やり覆い尽くした。

「どうかな、リリア。こっちのご飯は」

「そうね……。いかにも平民のご飯だけれど、悪くないわね」

適当な野菜と肉を炒めただけでこれほど美味しくなるとは思わなかった。食べ慣れていないこともあるだろうが、新鮮に感じるそれはとても美味しく思える。また機会があれば来てもいいかもしれない、と思いながら野菜を口に運び、

――みぎゃあああ！

「わあああ！」

さくらの悲鳴にリリアまで驚いて大声を上げてしまった。ティナが動きを止めて目を点にしてリリアを見つめ、周囲もどうしたのかとリリアの表情を窺っている。リリアは我に返り、周囲に視線を走らせると、

「何でもないわよ、おほほほ」

自分でもわざとらしいと思うが、今はそれどころではない。リリアはさくらを呼ぶ。

――ちょっと、どうしたのよ。大丈夫？

――ああ、リリア……。私はもうだめだ……。

――え、ちょっと……。どうしたの？

真に迫ったその声に、リリアは表情を青ざめさせた。これほどしおらしいさくらの声など聞いたことがない。不安な気持ちのままさくらの声を待つ。

――ぴーまん、にがい……。

視線を落とす。野菜炒めを見る。小さく切られたピーマンが入っていた。

――これ、だけで……？　ピーマンの味なんてしなかったけど……。

――するよ……。リリアの意地悪……。

いつも元気な声が、続けて沈んだ声を出しているとリリアも不安になる。申し訳なく思いながら、ごめんねと謝罪した。

「リリア、どうしたの？」

ティナの声。リリアは何と答えていいか分からずに口を閉ざしてしまった。それでもティナの心配そうな瞳は変わらず、リリアは小さくため息をついた。

「ごめんなさい、ティナ。急用を思い出したから失礼するわね」

夕食はまだ半分も食べられていない。正直腹は満たされていないが、このままさくらを放置するわけにもいかないだろう。リリアは席を立つと、唖然としたままのティナへと笑顔を見せた。

「先に言っておくけど、貴方が何かをしたわけではないから安心しなさい。それじゃあ、またね」

軽く手を振り、その場を後にする。食堂から出たリリアは、自室へと急いだ。

自室に戻ったリリアは寝室に駆け込むと、机の引き出しの一つを開ける。そこには小さな布の袋が入っていた。質素な造りだが、生地そのものは上等なものだ。リリアはそれを開けて中身を確かめる。少なくない銅貨や銀貨が入っている。小さく頷くと、さくらを呼んだ。

——さくら。聞こえる？

——ん……。なに？

返事はあったが、相変わらず元気がない。まさかピーマン一つでここまでになるとは思わなかった。

——今から外に出かけるわ。

——ふうん……。

——何か食べたいものはある？　遠くへは行けないけど。

——果物！

とたんに元気な声が頭に響いた。現金だなと苦笑しつつ、リリアは部屋を出た。

そしてアリサと鉢合わせした。

「リリア様？　もう夜なので、出かけるのはさすがにご遠慮いただきたいのですが……」

「そ、そうね……。分かっているわ」

頬を引きつらせながらすごすごと部屋へと戻る。せっかく元気になりかけたさくらがまた落ち込んでいるのがすぐに分かった。

——うう……。かみもほとけもいないのかー……。

意味は分からなかったが、嘆きだけは伝わってきた。

「ところでリリア様」

部屋の戸を未だに閉めないままアリサが口を開く。怪訝そうに振り返ると、

「お客様です」

アリサの後ろに、ティナがいた。

「ティナ？　どうしたの？　ご飯は？」

食堂を出てからまださほど時間は経っていない。それなのにどうしてもうここにいるのか。疑問に思いながらティナの言葉を待っていると、ティナはおずおずといった様子で手に持っていたものを差し出してきた。

小さな紙袋だ。不思議に思いながらも、ティナへ近づき、紙袋を受け取る。中を見てみると、みかんのような果物が入っていた。

「あの……。ご飯、口に合わなかったみたいだから……。食べてね」

そうして勢いよく、ごめんなさいと頭を下げてくる。リリアはぽかんと間抜けに口を開けていた。

「それじゃあ、わたしは食堂に戻るね。またね、リリア」

そうして部屋を出て行こうとする。リリアは慌ててその背を呼び止めていた。

「待ちなさい」

「え……？　どうしたの？　あ、もしかして果物も苦手？」

「そんなわけないでしょう。その……。今日のは、たまたまだから。よければまた誘ってくれる？」

事実、夕食そのものは美味しいと感じていた。さくらのことがなければおそらく完食していただ

ろう。さすがにリリア一人では入りにくい場所なので、ティナに誘ってもらわなければ入ろうとは思えない。

ティナはきょとんと呆けていたが、やがてすぐに笑顔になった。

「うん！　また誘うね！」

そうして手を振って去って行く。リリアはそれを見送ってから、安堵のため息を漏らして扉を閉めた。

——リリア！　みかん！　みかんか知らないけど！　みかん！　食べようよ！

とたんに頭に響くさくらの声。リリアは苦笑すると、アリサに紙袋を差し出した。

「申し訳ないけど、いくつか用意してもらえる？」

「はい。畏まりました」

そうしてアリサがむいてくれる果物を頬張りながら、

——ああ、美味しいなあ、幸せだよう……。

——まったく……。

ゆっくりと味わいつつも苦笑する。その笑顔をどう受け止めたのか、アリサも優しく微笑んでいた。

翌日。リリアが一階のエントランスに行くと、ティナが昨日と同じようにリリアを待っていた。だが昨日の王子との一件を気にしているのか、挨拶を交わしただけだった。

——なにあの子。挨拶のために私を待っていたの？

――いい子だね。

――時間の無駄ね。

――リリアはぶれないね！

さくらが何事かを嘆いているようだが、気にする必要もないだろう。足早に校舎へと向かう。

校舎は寮の側だ。三階建ての石造りの建物で、とても広い造りになっている。内装は寮と似通った造りで、階段は建物の中程と両端にある。リリアの教室は二階だ。やはり足早に廊下を歩いて行く。本当はそれほど急ぐ必要はないのだが、どうにも周囲の生徒から見られているような気がする。これは被害妄想ではなく、実際に視線を感じた方を見ると、目が合った生徒が慌てたように視線を逸らしていた。

王子との婚約破棄の次は、昨日の騒ぎだ。注目を集めるのも当然だろう。せめてもう少し人が少ない場所でならまだよかったのだろうが、後の祭りだ。

上級学校は学年ごとにいくつかクラス分けされているが、すべての学年で共通しているクラスがある。それはリリアの所属するクラスであり、上級貴族だけのクラスのことだ。校舎内では設備備品含めて平民と使っているものに差はないのだが、クラスだけは隔離されている。同じクラスにするともめ事が絶えないためだ。

教室に入ると、リリアはすぐに自分の席に向かう。席は横六列縦五列で等間隔に並ぶ。リリアの席は最前列だ。まだ朝早いためか、人は少ない。誰にも話しかけられることなく、自分の席に座ることができた。

――リリア。大丈夫？

——何が？

——いや……。隣の席。

さくらに指摘され、リリアは今の今まで忘れていたことを思い出した。右隣の席を見る。王子の席だ。

——無理……。

——だろうね。どうするの？

——そう、ね……。

王子が同じ教室にいることになってもそれは仕方がない。学校はそういうものなのだから、割り切れる。だが隣の席となると話は別だ。リリアはすっくと立ち上がると、窓際の方へと視線を向けた。

三人の生徒が談笑していた。リリアも見覚えのある生徒たちばかりだが、中心にいる長い赤髪の人物は特によく知っている。

クリステル・アグニス。アグニス侯爵家の長女で、クリスと呼ばれている。リリアと仲がいいというわけではなく、むしろ敵とすら言える間柄だが、今は背に腹は代えられない。リリアは静かにクリスへと歩いて行く。

「あら」

すぐにクリスも気が付いた。意地の悪い笑みを浮かべ、リリアを見つめてくる。リリアはこの笑顔が大嫌いだ。

「おはよう、クリス。少しいいかしら？」

「あらあら、おはようございます、リリアーヌ様。何かご用でしょうか？」

口調こそ丁寧だが、言葉の端々《はしばし》から馬鹿にするような気配が伝わってくる。実に、不愉快だ。

「少しお願いがあるのよ」

「お願いですか？　私にできることでしたら、何なりと。公爵家の名をもってどうぞご命令ください」

本当にいちいち癪《しゃく》に障る言い方だ。だが挑発に乗ると話が進まなくなる。リリアはすべての挑発を無視して、話を続けることにした。

「貴方の席と私の席、交換してくれませんか？」

クリスが驚いたように目を丸くした。それもそのはずで、リリアの席、王子の隣の席はリリアが半ば脅迫紛《きょうはくまが》いのことまでして獲得したものだ。それは王子を含め全員が知っていることである。

「貴方が殿下との間で何かあったとは聞いたけど……。本気？」

クリスが驚きからか、口調が素《す》になっていた。リリアは頷く。

「ええ。隣だけは絶対に嫌なのよ。貴方も殿下の隣が良かったと言っていたし、悪い話ではないでしょう？」

「それは、そうだけど……。何を企《たくら》んでいるの？」

明確な敵意を込めてリリアを睨み付けてくる。リリアは肩をすくめて、何も、と答えた。

「私はね、殿下のことはもういいのよ」

「そう……。後でやっぱり戻せと言われても、知らないわよ」

「言わない。アルディスの名に誓いましょう」

それでもまだクリスは疑わしげにリリアを見つめていたが、すぐに破顔した。机の荷物を素早くまとめる。さらについでとばかりに、簡単にだが掃除までしてくれた。

「ささ、どうぞリリアーヌ様。この席はこれから貴方のものです」

「あ、ありがとう……。そこまでしてくれるとは思わなかったわ。私は掃除していないのだけど……」

「構いませんよ。では失礼しますね。うふふ……」

取り巻きを放置して、リリアの席だった場所へと向かう。その後を、取り巻き二人が慌てたように追いかけていく。クリスの気持ちも少なからず分かるリリアは小さく苦笑すると、譲られた席に座った。

――これで一安心ね。ああ、でもできればもっと後ろがいいわね……。

――目立ちたがりのリリアにしては珍しいね。

――あれは殿下の気を引きたかったからよ。今はもう、どうでもいいわ。

少し時間が経って、残りの生徒も登校してくる。一つ後ろの席の生徒が来るたびに交渉して、席を交換してもらっていく。それを三度繰り返し、ようやくリリアは窓際の最後尾の席を手に入れた。この席なら目立つことはないだろう。

――我ながら良い交渉術だったわね。

――いや、あのねリリア。あれはもう半ば強制だったからね。リリアのお願いは、ほとんどの人にとっては命令なんだからね。今日は目をつむったけど、他では控えるように。

――普通にお願いしたつもりなのだけど……。分かったわ……。

本当にただお願いしただけのつもりなのだが、どうやら相手は命令と感じていたらしい。通りで怯えたような目をしていたはずだ。初めてアルディスの名が邪魔だと思ってしまった。

椅子に座り、一息ついたところで、

「リリアーヌ様！」

聞き覚えのある声が耳に届いた。リリアの表情がわずかに引きつる。声の直後に三人ほどの女生徒が教室に入ってきた。まっすぐにリリアの方へと歩いてくる。

「リリアーヌ様、もういらしていたのですね。とても心配しましたわ」

三人のうちの一人が言って、他の二人が何度も頷く。

「ごめんなさい。私はもう大丈夫よ」

「ああ、良かった！　安心しました。ところで……。どうしてこのような隅の席にいらっしゃるのですか？　まさか、クリステル様ですか……？」

女生徒の目が細められる。それを見たリリアはあからさまに嘆息した。この子たちの気持ちはリリアもよく分かるが、大人しくしておきたい今となっては少々うっとうしいと思ってしまう。リリアの嘆息を見た三人は目に見えて狼狽していた。

「あ、あの……。リリアーヌ様……？」

「何でもないわ。この席は私が望んだのよ。私と殿下の噂《うわさ》は聞いたでしょう」

「それは、まあ……。根も葉もない噂なので気にもしていませんでしたが」

「事実よ。私は今後、殿下と関わることは極力避けるからそのつもりでいなさい」

三人そろって驚きからか目を見開いた。それも当然だろう、とは思う。引きこもる前のリリアは可能な限り王子の側にいるようにしていたのだから。信じられないと言われてもおかしくはない。

「リリアーヌ様！」

話していた女生徒が大声を上げた。突然のことに思わず身構えてしまう。

「なに？」

「落ち込まないでください！　リリアーヌ様なら必ず殿下の心を取り戻すことができます！」

取り戻す？　誰が？　誰の心を？

リリアから笑顔の仮面がはがれ落ちた。目が据わり、不機嫌を隠すことができなくなる。他の二人がそれにすぐさま気づき表情を青ざめさせたが、話している一人はまったく気づかない。

「クリステル様からすぐにあの席を取り返しましょう。大丈夫です、私たちも微力ながらお手伝いさせていただきますわ。リリアーヌ様は安心なさって……」

「黙りなさい」

小さな、そして低い声だった。目の前の一人に聞こえればいい程度の小さな音。話していた一人がひっと短い悲鳴を上げ、言葉を止めた。それどころか、教室中が静まり返ってしまっている。だがリリアはそんなことはいっさい気にせずに、言葉を発した。

「もう一度言うけど……。私は今後、殿下と関わるつもりはないのよ。的外れな推測で余計なことをしないでほしいわね。それとも貴方は、私を怒らせたいのかしら？」

三人そろって勢いよく首を振る。かわいそうなほどに震えているが、リリアは気づかない。気づいたとしてもやめるつもりもない。

「ではそのうるさい口を閉じなさい。いいわね？」

三人が何度も何度も首を縦に振る。それを見たリリアは、よろしい、と満足そうに頷いた。

――怖い。怖いよリリア。

――何がよ。私は丁寧に言ったわよ？

――確かに言葉だけは丁寧だったけど！　怖いよ目が！　なんか殺気を感じたよ！

――気のせいでしょう。

小さく嘆息して視線を上げる。三人はまだリリアの前に立っていた。申し訳なさそうにうつむいてはいるが、離れようとはしない。リリアが怪訝そうに眉をひそめると、先ほどまで話していた一人が深々と頭を下げた。

「リリアーヌ様。申し訳ございません」

「別にいいわよ。次からは気をつけなさい」

「はい……」

そうして頭を上げ、ようやくリリアから離れて自分の席へと向かっていく。リリアがその後ろ姿を眺めていると、さくらの声が頭に響いた。

――リリア。あの三人だけど。いや三人だけじゃないけど。

――何よ。

――まあ、うん。取り巻き連中のことだけどね。気をつけてね。

リリアが眉をひそめ、さくらが続ける。

――彼女たちはリリアの公爵家としての力が欲しいだけだから。友達とかになったらだめだよ。いやまあ、いい人もいるけど。ちゃんとリリアを見てくれる人と友達になってね。

突然何を言い出すのかと思ったが、どうやらさくらはリリアのことを心配しているらしい。リリアは内心で苦笑し、分かっているわと頷いた。

――ただ私は正直見極める自信がないのだけど……。さくらは分からないの？

――ん……。私の知識も取り巻きさんについては曖昧だからね。別の誰かを頼った方がいいよ。

――誰を頼るのよ。

――リリアの部屋の上にいる人。

リリアの頬がわずかに引きつった。そんな話は聞いたことがない。誰が、何の目的でいるというのか。知らず生唾を呑み込んでいると、さくらは何でもないように言った。

――リリアの屋敷にいた人みたいだから、お父さんかお兄さんが護衛か何かでつけたんじゃないかな？　気配の隠し方がすごくうまい人だから、情報収集もできると思うよ。

――………。ああ、そう……。

まさかの身内だった。あの二人もリリアに隠す必要はないだろうに、なぜ黙ってそんなことをしたのか。頭痛を堪えるようにこめかみを押さえながら、リリアはため息をついた。

――分かった。戻ったらお願いしてみましょう。

――うん。三人いるはずだから一人二人抜けても大丈夫なはず！

三人もいたのか。リリアは今度こそ頭を抱えてしまった。

朝礼間際の時間になって、王子が教室に入ってきた。そしてその直後に教師が入ってくる。同行していたように思ってしまうが、王子はただの偶然といつも言い張っていた。毎日そんな偶然があるのかと疑ってしまう。

王子が朝礼間際に来る理由は単純で、リリア対策だ。早く来てしまうとリリアから相手をするのも面倒なほどに話しかけられるので、それを避けているらしい。さくらからそう聞いた時は少し落ち込んでしまったものだ。今日もそれを続けているということは、先日のリリアの言葉は信じてもらえていないらしい。

教師が教卓の前に立ち、何事か連絡事項を告げていく。しかしリリアは、それをいっさい聞いていなかった。頭の中では、暇つぶしと称したさくらの講義が続いている。

今日のさくらの講義は科学、というものだった。今まで当たり前と思っていたことを理由づけて説明されていくのはなかなかに面白い。ふと気づけば教師の話は終わり、いつの間にか授業が始まっていた。

——あ、ごめん。授業だね。それじゃあ私は黙るから、がんばってね。

——なかなかいいところだったのに……。仕方ないわね。

この続きは夜になるだろうか。少しだけ残念に思いながら、教師の方へと視線をやる。最初の授業は算術だ。教師の説明をしばらく聞いて、リリアは眉をひそめた。

なんだこれは、と思う。二週間ぶりの授業だというのに、未だにこんな問題をしているのか、と。

あまりにも退屈なその説明に、リリアは内心でため息をついた。

——さくら。起きていられる自信がないのだけど。

——ん……。続き、する？

さくらもリリアと同じことを感じていたのだろう、リリアの発言を咎めることはしなかった。分かってるわね、とリリアは笑みを浮かべ、小さく頷いた。

それからしばらく、教師の一方的な話、説明が続く。時折誰かを指名したりしていたが、幸いリリアには当たらなかった。

そして気づけば、昼になっていた。授業ごとに教師が入れ替わっていたはずなのだが、リリアはまったく気づいていなかった。周りが騒がしくなってきたことにふと視線を巡らせれば、誰もが教室を出て行くところだった。そのことと腹の減り具合から、今が昼時なのだと察する。さくらの話を聞いていただけで、午前中は終わってしまった。

「リリアーヌ様！　ご一緒しませんか！」

今朝の取り巻き三人がリリアの元へと来て、そう言った。リリアは胡散臭《うさんくさ》そうな目で彼女たちを見て、そして首を振った。驚いている三人へと、言う。

「ごめんなさい。今日は一人になりたい気分なの。せっかくだけど、私のことはいいから三人でどうぞ」

そう言うと、そうですよね、と自分たちで納得して教室を出て行った。何をどう納得したのかは分からないが、都合良く一人になれたのだから良しとする。

——さくら。一つ聞きたいのだけど。

——うん。何かな？

——私が……その……。あっちの食堂に一人で行くのは、問題かしら……？

何故か、しばらく返答がなかった。やはり一人ではまずいかと諦めようとしたところで、さくらからの声が届いた。

——『あっち』って……。昨日の夜に行った方、だよね……？

——他にどこがあるのよ。

——あ、うん。えっと……。問題ない、と思うよ。うん。いいんじゃないかな。

どうやらさくらは反対ではないらしい。リリアは安堵のため息をつくと、席を立った。食堂へと一人で歩いて行く。

——どういう心境の変化？

——別に……。昨日の料理が美味しかったから、ではだめ？

——だめじゃないよ。むしろいいことだよ。よし行こう今すぐ行こう！

そんなに意外だったのか、と思うと同時に、そうだろうなとも思う。リリア自身、昨日のことがなければあんな場所には絶対に行かなかっただろう。ただ、どうしても昨日の料理の味が忘れられない。せめて完食はしておきたい。

——あ、ピーマンはだめだよ！　ちゃんとピーマン抜きって言ってね！

——分かっているわよ。相談してみる。

リリアは少なくない期待を抱きながら、食堂に向かった。

食堂はとても混雑していた。部屋の中を見ながら前を通るだけでその様子を確かめられる。それだけでリリアが諦めるには十分だった。

——リリア。ご飯は？

——混みすぎでしょう……。今日はいいわ……。

——晩ご飯は自由に食べられるけど、お昼ご飯はみんな同じ時間だからね。そりゃこうなるよ。でも、どうするの？

リリアは少し考え、貴族用の部屋へと入る。すでに見知った顔の生徒が席につき、優雅に紅茶などを飲んでいる。隣の部屋とは雲泥《うんでい》の差だ。リリアも先日までは特に疑問も思わずにここで食事をしていたので、今更ここで食事をする者に何かを言うつもりはない。

だが、どうにもここで食事をしようとも思えなかった。

——じゃあテイクアウトだね！

——ていくあうと？

——む、これは通じないのか……。受付の人に言って、外で食べられるようにしてもらったら？サンドイッチとかでも作れるでしょ。あんな料理が作れるんだから。

なるほど、とリリアは頷いた。早速奥のカウンターに向かい、そこに立っている者に声をかける。サンドイッチを用意できるか聞いてみると、心底驚いたように目を見開いていたが、すぐに、もちろんですと頷いた。

できあがるまで側の席に座って待っていると、先ほどの取り巻き三人を見つけた。どうやらあちらはリリアには気づいていないようで、黙々と食事を続けている。会話とかないのか、と思ったが、そう言えばリリアと一緒に食べていた時もリリアが話しかけなければずっと静かだったことを思い出した。

「お待たせしました」

カウンターの奥からの声にリリアは顔を上げた。料理人らしき初老の男が笑顔でリリアを見つめていた。その手には小さなバスケット。それを受け取ると、ほんのりと熱が伝わってきた。

「ここに長い期間勤めておりますが、こちら側でサンドイッチの注文を受けたのは初めてですよ」

そう言う男の顔はとても嬉しそうだった。リリアは不思議に思いながらも、ありがとうと礼を言って、食堂を後にする。手に持っているだけで、いい香りが鼻先をくすぐった。

――リリア！　早く食べようよー！

――そうね……。

視線を巡らせる。エントランスにも大勢の生徒がいる。とてもではないが落ち着いて食べることなどできない。少し考え、リリアは移動することにした。


「入るわよ」

リリアがそう言って入るのと、

「ぶふっ！　げほっ……！」

レイが驚きからかむせたのは同時だった。唖然とした様子でレイはまじまじとリリアを見つめてくる。レイの目の前には小さな木製の弁当箱があった。

「驚きました……。リリアさん、どうしたんですか？」

小首を傾げて聞いてくる。リリアは答えずに、手に持っていたバスケットをテーブルに置いた。椅子を出そうと積んであるところへ向かおうとして、

「どうぞ」

いつの間にかレイは椅子を持って側に立っていた。何という早業《はやわざ》だ、と思いながらも、ありがと

うとその椅子に座った。

「別に用件はないわよ。落ち着いて食事ができるところを探して、ここに来ただけ。せっかくだし、一緒に食べましょうか」

「僕とですか？　はい、喜んで」

嬉しそうに満面の笑顔を見せてくれる。屈託《くったく》ない笑顔にリリアの口角も自然と上がった。

リリアはバスケットの中身にかけられていた白い布を取り、側に置く。中を見てみると、サンドイッチがぎっしりと詰められていた。う、とリリアが思わず顔をしかめる。何人かで食べるとでも思っていたのだろうか。

リリアは簡単に祈りを済ませ、一つを手に取り口に入れる。しっかりと味わっていると、

――おお、美味しい……。なにこれリリアもっと食べようよ早く早く！

――うるさいわね……。

どうやらさくらのお気に召したらしく、次を早くとリリアを急《せ》かす。苦笑しつつも食べ進み、機嫌良さそうに鼻歌を歌い出したさくらにリリアは笑みを零した。そしてふと視線を上げると、きょとんとした表情でこちらを見つめているレイと目が合った。

「なに？」

リリアが聞くと、レイが慌てたように首を振る。

「いえ、その……。美味しそうに食べているなと思いまして……」

邪魔してすみません、と頭を下げようとするレイに、リリアは大量にあるサンドイッチを一つ取ると、それをレイに差し出した。首を傾げるレイに、リリアは言う。

「あげる」

「え、あの……。いいんですか……？」

「私だけだと食べきれないのよ。遠慮なんてしなくていいから、食べなさい」

それじゃあ、とレイは受け取ると、すぐに口に入れた。大きく目を見開き、美味しい、と言葉を漏らしていた。

「まだまだあるから、好きなだけ食べなさい」

そう言ってバスケットをテーブルの中央に移動させる。レイも遠慮するのをやめたのか、すぐに二つ目に手を伸ばした。食べ進めるレイの笑顔は、見ていて何故かほっとする。

――やばいこの子和《なご》む、でもそんなことよりサンドイッチが美味しいよ！　リリアもっと！

――はいはい……。じゃあこのピーマンの入ったものを……。

――え……。り、リリアが食べたいなら、我慢、する、よ……？

――冗談よ。そんな本気で泣かないでよ……。

ピーマンを食べると言った直後からさくらの声が震えていた。昨日のことといい、何故そこまで嫌いなのか。妙なところでさくらの過去が気になってしまった。

レイに手伝ってもらい、どうにかサンドイッチを残さず完食することができた。明日からは一人分だと念押しすることを心に決めつつ、レイを見る。食事を終えたレイはリリアのためにと紅茶を用意した後、机の上の教材を開いて勉強をしていた。

ちなみにこの紅茶は、部屋の隅の机で用意されたものだ。机には小さな魔方陣が描かれている。

リリアには何の魔方陣か分からなかったが、さくらによると熱を発する魔方陣らしい。弁当を持参している点といい、本当にこの部屋から、そして図書室から出ないようだ。

リリアはレイの参考書に目をやり、さくらへと問う。

——さくら。午後の授業、出なくてもいいわね？

——ん？　まありリアは成績いいみたいだから何も言われないと思うけど、どうしたの？

さくらの問いには答えずに、リリアは椅子ごとレイの隣に移動した。教材に目を落としているレイは気づかず、さて、とリリアが教材へと身を乗り出したことでようやく気が付いたようだった。

「え？　わわっ！」

体を仰《の》け反《ぞ》らせるレイを無視して、リリアは教材をのぞき込む。少しだけ読んでから、レイへと顔を向けた。

「で？　どこが分からないの？　……どうしたの？」

リリアが怪訝そうに眉をひそめた。その原因は、レイが顔を真っ赤にしていたためだ。リリアがレイのことを真っ直ぐ見つめると、あ、ともう、ともつかない曖昧な音を出しながら目を泳がせている。いったいどうしたのか、とリリアは首を傾げるばかりだ。

——リリア。一応聞くけど、意図的？

——は？　何が？

——うわこの子天然だ……。リリアも一応女の子なんだからさ、男の子に近づきすぎたらだめだよ。

——一応ってどういうことかしら？

――ひい！　そっちに反応された！　ごめんなさい流してください！

――許さない。あとでピーマンを食べましょう。

――やーめーてー！

しばらくして立ち直ったのか、レイが椅子に座り直した。しかしどことなく戸惑いの色を浮かべ、リリアの顔色を窺っている。リリアは肩をすくめ、教材を指先で叩いた。

「私は別に午後の授業には出なくても問題ないわ。簡単すぎて退屈していたところなのよ。だから、午後は貴方の勉強を見てあげる」

「え……。でも、その……。僕は嬉しいですけど……。いいんですか……？」

「私がいいと言えばいいのよ。さあ、時間は有限なのよ。始めましょう」

リリアはもう一度教材を指先で叩くと、レイはびくりと体を震わせた後、しかしすぐに笑顔になった。

――まあ、気晴らしも大事だよね。リリアが忘れてるところがあったら言ってね。教えてあげるから。

――ないとは思うけど、その時はお願いするわ。

レイが開いたページを読みながら、リリアは頷いた。

午後の授業が終わる間際に、ここまでにしましょう、とリリアは教材を閉じた。疲れた表情のレイが安堵のため息をつくが、リリアはそれを見なかったことにした。

――スパルタだ。鬼だ。オニリアだ。

――ピーマン。

――ごめんなさい！

まるで魔法の言葉だな、とさくらをからかいながら、リリアは内心で笑う。ただあまりやりすぎるとさくらが本当に怒りそうなので、ほどほどにしなければならないだろう。今となっては、さくらはリリアにとって数少ない味方の一人だ。一人、と言っていいのかは分からないが。

「ありがとうございました、リリアさん。とても分かりやすかったです」

レイがそう言いながら頭を下げてくる。リリアは、なら良かった、と頷いた。

「レイ。嫌なら断ってくれてもいいのだけど……」

「何でしょう？」

「貴方はずっとここで勉強をしているのよね？」

リリアの問いに、レイは遠慮がちに頷いた。リリアが続ける。

「良ければ、だけど……。午後からはこちらに来てあげましょうか？　私で分かる範囲でなら教えられるけど」

レイが目を丸くし、さくらは絶句した。二人が驚いているのが手に取るように分かり、リリアは少しだけ不機嫌そうに目を逸らした。

「私が来ても息が詰まるなら、無理強《じ》いはしないわ。私にとっても気晴らしになるから、提案してみただけ。忘れてちょうだい」

リリアはそれだけ言うと、帰り支度を始めた。といっても、バスケットに自分のゴミを少し入れるだけで終わる程度のものだが。そうして扉へと向かおうとしたところで、

「リリアさん！」

レイに呼び止められた。リリアが振り返ると、レイが小さくのどを鳴らした。

「本当に……お願いしても、いいんですか？」

おずおずといった様子の問いかけに、リリアは薄く苦笑して、もちろんと頷く。するとレイは満面の笑顔になって頭を下げた。

「よろしくお願いします！」

「ええ。ではまた明日、今日と同じ時間に来るわね」

そう言い残して、リリアはそのまま部屋を退室した。


少し早い時間で戻ってきたためか、寮にはまだ生徒の姿はほとんどなかった。知り合い、特に王子がいないかを確認してから、リリアはホールを通り過ぎてそのまま自室に向かう。自身の部屋にたどり着いて、リリアは安堵のため息を漏らした。

——今日も無事に戻ってこられたわね……。

——まるで戦場から帰ってきた兵士みたいだね。リリアにとっては戦場かもしれないけど。逃げに徹しているとはいえ。

——うるさいわね……。

リリアが椅子に座ると、寝室の扉が勢いよく開いた。リリアが目を丸くしていると、アリサが息を切らして立っていた。アリサは少し蒼白になりながらも、勢いよく頭を下げてくる。

「遅くなりました……！　おかえりなさいませ、リリア様！」

「別に……」

気にしなくてもいい、と言おうとしたところで、リリアは眉をひそめた。微かに見える寝室へと視線を向けると、アリサは慌てたようにすぐに閉めた。その行動が何かを隠していると言っているようなものなのだが、分かっているのだろうか。

リリアは無言で立ち上がると、素早くアリサの隣まで歩き、彼女が止める暇もなく寝室への扉を開けた。

「………」

朝と同じ寝室だった。掃除やベッドの手入れなどはされているが、それだけだ。なら何を隠そうとしていたのか。

――さくら。もしかして……。

――忍者みたいだね！　かっこいい！

――にんじゃ？　なにそれ？

――えっと……。ずっと東にある国の密偵、とかそんな感じ、かな？

曖昧だな、と苦笑しつつ、リリアはテーブルまで戻ると椅子に深く腰掛けた。テーブルを指で叩くと、すぐにアリサが頭を下げて紅茶の準備を始めてくれる。それを見守りながら、さて、とリリアは口を開いた。

「お父様かお兄様のどちらの指示か分からないけど……。出てきなさい」

アリサの動きが固まった。引きつった笑みを浮かべながらリリアへと振り返る。

「あの、リリア様？　何のことでしょうか……？」

アリサの言葉に、リリアが不機嫌そうに目を細めた。凍てついた視線を向けられ、アリサがひっ、と短い悲鳴を上げた。

「アリサ。貴方は私のメイドよ」

「は、はい……」

「貴方は私のものよ。私に隠し事をするの？」

「それは……その……」

何も答えられなくなったアリサが目を逸らし、うつむいてしまう。その表情は泣きそうなものになっていた。実際のところ、リリアにはそこまでアリサを責めるつもりはない。契約は父としているものであり、アルディス家の命令なら従わざるを得ないだろう。

だから、責めるべきは他にいる。

——さくら。どこにいるの？

——んー……。ここと寝室の真ん中ぐらい。天井に潜んでる。二人。寝室に一人。

よく分かるな、と内心で驚きながら、指示された場所へと目を向ける。リリアには何もないように見えるのだが、さくらが断言するからにはそこにいるのだろう。

「とりあえずそこの二人、下りてきなさい。寝室の一人は……どうでもいいわ。後で、私が、一人で、話を、するから」

しっかりと笑顔を見せて、一言一言紡いでいく。かた、と軽い音が天井からした。この程度で動揺するなど情けない、と思いつつも、急かすようにテーブルを叩く。最初はゆっくり、そして下りてこないのでどんどん早くして。

「いやはや……。参りました」

天井の一部が凹《へこ》んだかと思うと、横にずらされ、男が二人下りてきた。二人とも全身黒い衣服で、片方は老人、もう一人は中年といったところか。リリアの前に立つと、片膝《かたひざ》を折ってリリアに頭を下げた。

「初めまして、ですな。私は……」

「名前なんてどうでもいいわ」

ぴしゃりとリリアが言い放つ。言葉を遮られた老人はわずかに眉を寄せ、顔を上げた。

「寝室のやつも呼びなさい」

「いえ、そのような者はいませんが？」

「私に二度も同じことを言わせるの？」

再び指でテーブルを叩く。最初はゆっくり、そして少しずつ早く。それが何を意味するのか分からないだろうが薄ら寒いものを感じたのだろう、老人は硬い笑顔で、失礼しました、と頭を下げた。

「すぐにお呼び致します。……おい」

老人が厳しい声を発すると、男が頷き、天井へとまた上る。一跳びで先ほどの穴に入っていったことに少しばかり驚くが、表情にはいっさい出さなかった。

待つこと数秒、男がまた下りてくる。そしてもう一人、今度は少女で、年はリリアと同じくらいか。顔を覆う覆面をしているのではっきりとは分からない。

「良かったわね」

リリアが優しげに言って、目の前で跪《ひざまず》く三人が顔を上げた。

「これで男が寝室にいたら、三人とも殺しているところだわ」

笑顔のその言葉に、三人ともが深く頭を下げた。この三人は知っているのだろう、リリアのそれが例《たと》えでもなんでもなく、事実を告げていることに。主の逆鱗に触れた密偵が生きていられるはずもない。

――怖いよ！　リリアが怖いよ！　そんなの私のリリアじゃない！

――誰が誰のものなのよ。それよりこれで全員よね？

――ん……。うん。間違いなくこれで全員。

――そう。分かったわ。

「顔を上げなさい」

リリアがテーブルを指で叩きながら、言う。三人は何も言わず、静かに顔を上げた。

「貴方たちは誰の指示でここにいるの？」

リリアの問いに、老人が答える。クロス様です、と。

「そう。お兄様ね。ふうん……」

リリアは頷くと、アリサへと視線をやる。アリサは思い出したように、慌てて紅茶の準備を始めた。

「それで？　貴方たちの責任者はどなた？　まあ、察しはつくけど」

リリアが老人を見ると、老人も真っ直ぐにリリアを見つめ、一度だけ頷いた。

「それじゃあ貴方に聞きたいのだけど」

「何なりと」

「貴方は、誰の許しを以て、あの子に命令したのかしら？　自分たちのことは言うな、とでも命令をしていたのでしょう？」

リリアの声音が一気に低くなった。老人と男はさすがと言うべきか身じろぎ一つしないが、少女の方は小さく震えている。まだ半人前なのだろうか、かわいらしいものだ。

「聞いているの？」

リリアの再度の問いかけに、老人はまた頭を下げた。

「クロス様から、アルディスに仕える者は使っても構わない、と」

「なるほどね。ずいぶんと正直に話しているけど、それもお兄様から？」

「お察しの通りです」

「そう。それじゃあ、私からもお礼をしないとね」

アリサが紅茶のカップをテーブルに置く。リリアはそれを一口飲み、そして、

「……っ」

そのまま投げた。まだ熱い紅茶が老人にかかり、老人がわずかに顔をしかめる。だがそれでも気が収まらず、リリアは拳《こぶし》でテーブルを勢いよく叩いた。大きな音に、少女が震え上がる。

「貴方は、誰の、許しを以て、アリサに命令したのかしら」

リリアがゆっくりと立ち上がる。優しげな笑顔を浮かべているが、目だけは完全に据わっていた。

「貴方たちに言っておくわ」

「は……」

「アリサは私のメイドよ。アルディスのメイドじゃない、私のメイドなの。その私のメイドに対し

て、貴方は誰の許しを以て命令しているのかしら？」

「申し訳ありませんでした」

老人がさらに深く頭を下げ、男と少女もそれに続いた。リリアはそれを感情のない瞳でしばらく見つめていたが、やがて目を逸らし、また椅子に座った。

「アリサ。悪いけどもう一杯、お願いできる？」

「はい。畏まりました」

恭しく一礼して、アリサは紅茶の準備へと向かう。それを見送ってから、リリアはまた三人に視線を向けた。

正直、リリア自身やりすぎだとは分かっている。おそらくさくらも本来なら注意してくるだろう。だが今回ばかりはどうしても許せなかった。兄の命令で来たのなら、父に会っていない可能性もある。ならリリアがアリサをもらったと知らないのも無理はないだろう。しかし、リリアにとってはそんなことはどうでもいいことだ。調べることが仕事の者が調べることを怠《おこた》ったのだから、リリアにとっても知ったことではない。

——お、終わった？　終わったよね？

——ええ。そう言えばずいぶんと静かだったわね。

——うん……。怖かったから……。本気で怒ってるのが分かったから、黙ってた。

——ああ、そう……。ごめんね、驚かせたわね。

優しく謝罪を口にする。するとさくらから驚いたような気配が伝わってきた。

——その、ね。私は別にいいよ。それだけリリアがアリサを大事にしてるってことだから。いい傾向だと思うから、何も言わないよ。

――そう。ありがとう。

――でもやりすぎだからね？

――そう、ね……。反省するわ。

気持ちを落ち着かせるように、ゆっくりと息を吸って吐き出す。その間、誰も一言も喋らない。重苦しい沈黙が場を支配していた。そんな中でリリアが再び三人を見据える。老人と男はその視線を受け止めたが、少女の方はあからさまに怯えて目を逸らしてしまった。

男がそれに気づき、少女を横目で睨む。少女はびくりとまた体を震わせると、すみません、とその場で項垂《うなだ》れた。

――これって、私が怯えられているのよね？　何かしたかしら？

――あれを見たら誰だって怖いよ、自覚しようよ。

――この子に対してはまだ怒ってないのだけど。

――怒り方を見ただけで十分だから！

そんなものか、と納得しておくことにする。リリアは努めて笑顔を浮かべると、少女を見た。少女の震えが大きくなる。

――ここまで怯えられるとは思わなかったわ。

――うん。仲直りは諦めてお仕事の話でもしたら？

――そうしましょうか。

リリアはあからさまにため息をつくと、老人へと向き直った。少女の震えが大きくなるが、今となってはどうでもいい。男はそんな少女に落胆したようなため息をついた。

「貴方たちに私から仕事を依頼してもいいのかしら？」

この言葉は予想外だったのか、老人が目を瞠った。だが一瞬後にはすぐに無表情になっていたのはさすがというべきか。

「クロス様からリリア様を手助けするように言付《ことづ》かっております。何なりとお申し付けください」

「そう。じゃあ何人かの身辺調査をお願いするわ」

「身辺調査、ですか。どなたのでしょうか？」

「とりあえず私のクラス全員。ああ、さすがに殿下については必要ないわ。あと、図書室でよく勉強をしているレイっていう子もお願い」

その人数の多さに驚いたのか、今度は男がわずかに眉を寄せていた。しかしこちらもやはりすぐに表情を消す。

「人数が多いので少々お時間をいただくことになりますが、よろしいでしょうか？」

「ええ。ただ定期的に……。そうね、一日に一回は報告に来なさい。その子がいいわ」

リリアが指で指し示したのは、先ほどから怯えている少女だ。少女がこの世の終わりを見たかのような表情になっているが、リリアも今更意見を変えるつもりはない。

「何か問題はある？」

「いえ。問題ありません。確かに承《うけたまわ》りました」

少女に聞いたつもりだったのだが、答えたのは老人だった。リリアは少しだけ残念そうに目を伏せ、すぐに首を振る。気を取り直して、では、と続ける。

「任せたわ」

三人はしっかりと頷くと、天井の穴へと戻っていった。それを見送って、リリアは小さくため息をついた。

――ところでさくら。今も誰かいるの？　それとも全員行ったの？

――さすがに一人だけは残ってるよ。リリアの護衛もしないといけないから。

――別にいいのに。学園で襲われたなんて聞いたことがないわ。

――リリア。見えてるものがすべてじゃないよ。

リリアがわずかに眉をひそめる。その言い方はまるで、過去何かがあったような言い方だった。

――命知らずもいるんだよ。

さくらは楽しげに笑っていた。


「リリア様。お客様です」

密偵三人との話の後、寝室で勉強をしているとアリサが声をかけてきた。誰が来たのか察したリリアは苦笑しながら席を立つ。部屋の扉まで行くと、やはりというべきか、ティナが立っていた。

「こんばんは、リリア。ご飯、どうかな？　あ、これどうぞ」

リリアが差し出してきた小さな紙の箱を反射的に受け取ってしまった。見ると、いくつかの焼き菓子が入っていた。

「お誘いありがとう。これはなに？」

「どら焼きだよ。知らない？」

「聞いたことはあるけど、初めて見たわね……」

「そうなの？　私は好きなんだけど、リリアの口に合うかな……。よかったら食べてみて」

試しに一つ手に取ってみる。まだほんのりと温かい。どうやら買って間もないらしい。リリアは恐る恐るそれを口に入れた。

「……っ！」

――美味しい……！

――どら焼きだあ！　こっちにもあるなんて！　もしかして他にもあるのかな？

――他？　似たようなものがまだあるの？

――あるよ！　いっぱいあるよ！　たい焼きとか大福とか！

少なからぬ興味を覚え、リリアはティナへと視線を向ける。ティナは嬉しそうな、満面の笑顔だった。

「気に入ってもらえたみたいで良かった！　これはね、学園の南側の商店街で買ったんだよ」

「南側……」

学園の敷地はある意味で境目になっている。学園の北側は上級貴族などが住まう住宅街へと繋がっており、それ故に北側の店は上級貴族が好んで利用する店が多い。対して南側は平民や下級貴族が住まう場所に繋がっている。当然、南側の店は平民寄りだ。このお菓子には興味があったが、南側となるとリリアは行けないだろう。

アルディス家の建前とプライドの問題なだけではあるが、無視できない問題だ。

「よければまた買ってくるよ」

リリアの葛藤《かっとう》を知ってか知らずか、ティナがそう言う。リリアはわずかに眉尻を下げると、お願い、と頼んでおいた。

ティナからもらったお菓子をアリサに預け、ティナと共に部屋を出る。残りのどら焼きはアリサと密偵の三人で食べるように言っておいた。残りは五個だったので、帰れば一個残っているかもしれない。むしろ残っていてほしい。言っておけばよかったと後悔する。

——そんなにまだ食べたいなら言えばいいのに。

——みんなで分けるように言えと言ったのは誰かしらね?

——私です。ごめんなさい。

これも人の心を掴むためだから、とさくらは言うが、どら焼きで掴めてしまう心など安すぎると思うのだが。そう思っていると、

「リリアって実は優しいよね。実を言うともっと怖い人だと思ってた……」

妙なところで効果があったらしい。取り憑いてる悪霊の指示だなどと言えるわけもなく、リリアは曖昧な笑顔を浮かべた。

——やっぱりティナは良い子だね。ところでリリア、今さらっと失礼なこと考えなかった? 悪霊とか。

——あら。悪霊でしょう?

——はっきり言ったね! 天使だよ! 天使ちゃんだよ! リリアを助ける天使ちゃんだよ!

——自分で言って悲しくないの?

——容赦なく痛いところをつくね! べ、別に悲しくな……。

さくらの言葉が途中で止まる。リリアが怪訝そうに眉をひそめると、さくらがうあ、と嫌そうな声を出した。

――リリア。王子様。

――は……？

リリアが頬を引きつらせるのと、

「何をしている？」

その声が聞こえたのは同時だった。王子の声にティナが驚いたように振り返り、呆然としたような声を出した。

「殿下……」

リリアは一瞬だけ表情を歪め、ティナに気づかれる前にそれを隠す。声のした方向、背後へと振り返った。

「あら、殿下。いかがなさいました？」

「とぼけるな。ティナを連れてどこに行くつもりだ？」

王子がリリアへと詰め寄ってくる。リリアは面倒くさそうにため息をつくと、笑顔を貼り付けた。それは、

「……っ」

いつもの、笑顔だ。

「殿下。連れて行くも何も、ティナさんが先導しているのが分かりませんか？　私はこれからティナさんと共に夕食に向かうところですわ」

「ふん。信じられるか。ティナに前を歩くように言っただけではないのか？　誰かに……。例えば私に見られれても言い訳できるようにな」

――うわ、何こいつ。うっとうしい。

――今回はさくらに全面的に同意するわ。

いつもなら王子への苦言は注意するところだが、リリア自身、この男には冷めてしまったので咎めるつもりはない。さくらと二人で、面倒な男だな、という思いを共有していると、

「どうした、何故何も言わない？　図星《ずぼし》ということだろう？」

勝ち誇ったような王子の笑み。

――これがいわゆるドヤ顔か！　どやあ！

――どや……。なに？

――何でもないよ。強いて言うなら今の王子様の顔。

――ああ。握り潰したい顔ってことね。

――怖いよ！　過激すぎるよ！　でも同意する！

さくらとの現実逃避気味な会話をしつつ、リリアは小さくため息をついた。王子から視線を逸らし、ティナへと向き直る。王子は気づいていないのだろう、ティナが今にも泣きそうな表情になっていることに。

安心させようと笑みを柔らかくすると、ティナも眉尻を下げたままだったが笑顔を見せてくれた。

「せっかくのお誘いだったけど、無粋《ぶすい》な邪魔が入ったからやめておくわね」

「はい……。ごめんなさい、リリア様」

「いえいえ。無粋な、邪魔をした、どこかの誰かが悪いだけですから」

しっかりと言葉を句切り、王子を一瞥することも忘れない。王子の顔が赤くなっていくが、どうでもいいことだ。

「では、失礼致しますね」

その場で踵を返す。自室へと戻る前に、口だけ動かして言葉を送る。

またね。

それが伝わったのかは分からないが、ティナはしっかりと頷き返してくれた。

王子が何かを、リリアを引き留めるような言葉を叫んでいたが、そんなものは完全無視だ。認識すらしてやらない。馬鹿が何かわめいている、程度で聞き流し、自室へと戻る。

自室に入ったリリアを、目を見開くアリサが出迎えてくれた。

「ずいぶんと早いお帰りですね……。驚きました」

アリサがそう言って、リリアは肩をすくめた。

「殿下と鉢合わせしてしまったのよ。面倒だから帰ってきたわ」

「言葉が過ぎますよ、リリア様」

そう注意されるが、しかしアリサは苦笑していた。本気で咎めるつもりはないらしい。アリサも昨日のリリアと王子のやり取りから思うところがあったのだろう。リリアは、分かっているわよ、と肩をすくめた。

「夕食、食べ損ねたわね……」

――ごはん……。

さくらと二人、重いため息をついた。それなりに楽しみにしていただけに、ショックも大きいものだ。

「リリア様。どら焼きが一つ残っておりますが、どうします？」

「もらうわ。それを食べたら、もう寝る」

完全なふて寝だが、今回はアリサとさくらも何も言ってこなかった。アリサからどら焼きを受け取ると、そのまま寝室に入り、適当に着替えてそのままベッドに横になった。


翌日とその次の日は大して何もない一日だった。早めに起床して自室で朝食を済まし、教室で授業を受ける。朝は取り巻き三人が話しかけてくるので適当に流しておく。授業が終われば食堂でサンドイッチをもらい、図書室の個室でレイと食べる。そのままレイに勉強を教えて、早めに貴族用の食堂で食事を取り、自室に引きこもる。それが二日間続いた。

その二日とも、夕食後に密偵の少女と会っている。どうやら一日につき一人、しっかりと調べてくれているらしい。まずは取り巻き二人が調べられ、名前や家族関係などを聞くことができた。

——あの二人とは付き合わない方がよさそうね。

——うん。でも完全無視はよくないからね。適当に話を合わせておけばいいと思うよ。

——そうするわ。

二人の実家に後ろ暗いところがあるわけではない。ただ、リリアとの接点があまりにもなさすぎた。時折開かれる夜会などでも会っていないはずだ。アルディスの名に釣られて何とかリリアに取り入ろうとしているのだろう。無駄なことを、と思う。もう王子との婚約もないというのに。

――ティナに媚びを売った方がいいと思うけどね。

――貴族のプライドが許さないのでしょう。くだらないわ。

――リリア。鏡がそこにあるから見てみるといいよ。

――どういう意味よ……。

それ以外に目立ったことは特になかった。ティナが訪ねてくることも、だ。王子の目が届きそうな時に誘うとリリアに迷惑がかかるとでも思っているのだろう。そう思われても仕方がないので、しばらくは大人しくしていることにした。

そして週末。この学園は週末二日は休みになっている。形式的には初日の休日は予復習のための日となっているが、真面目《まじめ》に勉強をしている者がどれだけいるだろうか。

――けっこう多いと思うけどね。レイは間違いなく勉強してそうだし、ティナもしてるだろうし。

――そうね。

――あ、もちろんリリアもだよ。さすがはリリアだよ！　だから早く問題といて！　遅い！

――もうちょっと……。

本当に、勉強になると厳しくなる。しかし決して無理難題を言ってくることはないので、リリアは黙々と勉学に勤《いそ》しむ。今はさくらが用意した問題を解いているところだ。

昼になり、アリサに取りに行かせたサンドイッチを食べながら、勉強を続ける。休憩は取らない。必要性を感じない。ただただ目の前の問題に集中する。

ようやく解き終わり、さくらの解説を聞いていると、寝室の扉がノックされた。

「リリア様。招待状が届きました」

「招待状？　何の？」

扉まで向かい、アリサから封筒を受け取る。しっかりと封のされた封筒を開き中を読む。夜会への招待状だった。

この学園は広大な敷地を持っている。月に一回から二回程度、週末にはその一角を使い、夜会が開かれていた。主催は王家であったり学園であったり、様々だ。そして主催者により、招待される者は変わってくる。極端に言えば、王家主催であれば上級貴族が呼ばれ、学園主催なら平民含め全員呼んでもらうことができる。

リリアは公爵家なので、すべての夜会で必ず招待状が届いている。一応恒例なのだが、この三週間があまりに濃すぎて夜会の存在そのものをすっかりと忘れてしまっていた。

「リリア様。いかがなさいますか？」

リリアは招待状をさっと読み、主催者を確認する。王家だ。当然ながら王子も来ることを考えれば、本来ならリリアが行かないわけにはいかない。だがどうせ王子もリリアの出席など望んでいないだろう。仮病《けびょう》でも使おうかと思ったところで、

——リリア、待って！

さくらの声に、口を閉じた。

——なに？

——学園でやる夜会って、雨が降ってなければ外でやるんだよね。

——そうね。

——出入り自由だよね。

——そうね。

——人目につかない場所もあるよね。

——そうね。

——ちょっと早めに出て、そこで着替えってできる?

——できるわね。

いったい何を言いたいのか。早く結論を言えと苛立ち始めたところで、

——じゃあ、こっそり南側に行かない?

その提案に、リリアは息を呑んだ。目を伏せ、しっかりと考える。南側に行けないのは、リリアの顔がこの近辺では有名であることと、そしてリリアの家柄の問題だ。ならば顔を隠すことができれば、行けるのではないか。

——さくら。

——なにかなにかな!

——その話、乗ったわ。

さすがリリア、とさくらは嬉しそうに笑った。リリアは小さく頷くと、アリサへと向き直った。

「行くわ。準備をお願いできる?」

これまでの経緯からまさか行くとは思わなかったのだろう、アリサが目を見開いて絶句していた。しかしすぐに気を取り直すと、恭しく一礼した。

「畏まりました」

そうしてアリサが部屋を出て行き、リリアは机に戻る。さて、とこれからのことを考えようとし

たところで、

——さくら。変装はどうすればいいの？

——あ……。

そう。変装するにしても、持ち合わせがない。リリアの部屋にあるのは制服か、華美なドレスばかりだ。今から買いに行くにしても、現在リリアが行ける店は北側のみ。当然ながら変装できる服は売っていない。

——さくら……。

——待って待って！　ちゃんと考えがあるから！　今思いついたから！

——行き当たりばったりね……。どんな？

——持つべきものは友達、だよ。ティナに会いに行こう！

なるほど、とリリアは少し納得した。この国において、男爵という位は限りなく平民に近い貴族というものだ。ティナなら平民に溶け込める服をいくつか持っていることだろう。ただ、やはり問題もある。

——私が行かないといけないわよね？

——まあね。変装するんだし、アリサとかに行ってもらうのはだめだと思うよ。いや、アリサなら協力してくれるかもしれないけど、間違いなく心配されるよ。

リリアがはっきりと命じれば従うだろうが、アリサに対してはそれはしたくないと思っている。リリアのメイドであると同時に、数少ない協力者だ。大切にしたい。そう思っている自分に気がついて、少しだけ驚いた。

――仕方ないわね……。周りから何か言われそうだけど、行くとしましょう。

――がんばれー。

――気楽でいいわね……。

リリアは招待状に記載されている時間を確認して、小さく舌打ちした。夜会が開かれるのは今晩となっている。もっと早めに連絡してほしいとは思うが、どうせこれを計画したのはあの馬鹿王子だろう。ティナを誘う口実として夜会を急遽《きゅうきょ》開催することぐらいしてもおかしくはない。

ただ、他に夜会の予定がなかったことから事前に計画はあったのかもしれないとは思う。ティナに断られないように、全員に知らせるのを直前にしたのだろうか。推測にすぎないので実際のところは分からない。リリアを呼びたくないためにリリアにだけ直前に知らせた、という可能性も否《いな》めない。

ともかく、リリアにはその辺りの事情は関係のないことだ。あまり時間もないので、準備を急がなくてはならない。

「アリサ。少し出かけてくるわ」

慌《あわ》ただしく働き始めているアリサにそう告げると、リリアは部屋を後にした。

リリアが二階に下りてホールに出ると、騒がしかった部屋がとたんに静かになった。周囲を見ると、談笑していたと思われる生徒たちがそろってリリアを見て固まっている。上級貴族がこの階に足を踏み入れることがないことを考えると、当然だろう。

――仮にも公爵家だから余計にだね。とりあえずティナの部屋を聞いてみようよ。

――そうね……。誰なら知っているでしょうね。

――誰でも知ってるんじゃないかな。有名人だし。どこかの馬鹿王子のせいで。

――ろくでもない馬鹿王子ね。

さくらと共にかつての想い人を罵倒しつつ、とりあえず側のテーブルへと向かう。そこにいたのは男子生徒が三人で、リリアが自分たちの方に向かっていることを知った三人が顔を青ざめさせた。まだ何もしていないのに、と少しだけ不愉快に思いながらも、少年たちへと問いかける。

「ティナ・ブレイハの部屋を探しているのだけど、知っているかしら？」

三人が顔を見合わせ、そしてためらいがちに頷いた。よろしい、とリリアは頷いて続ける。

「では案内しなさい。今すぐに」

「それは、構いませんけど……。何をしに行くのですか？」

「貴方に関係あるのかしら？」

リリアがわずかに目を細めると、三人が体を震わせる。どうにもこの三人だと話にならないと思っていると、

「ちょっといい？」

背後から声をかけられた。振り返り、その声の主を視界に収める。ショートカットの栗色の髪に気の強そうな赤い瞳が印象的な、リリアと同年代と思える少女だった。珍しいことにリリアを睨み付けている。それが少し新鮮で、リリアは思わず笑みを浮かべた。

「何よ」

その少女が口を開き、リリアは微笑のまま首を振る。

「いいえ。何でもないわ。それで私に何か用?」

「そうだ。あの子に……ティナに何の用? 答えによっては叩き出す」

「へえ……。叩き出す? 貴方が? 私を? へえ……」

ゆっくりと、笑みを深める。少女が頬を引きつらせ一歩後退《あとずさ》るが、しかし気丈にもリリアを睨み付ける目にさらに力がこもった。少しばかり驚きながらも、少女の反応を窺う。

「あたしは、貴族なんかに屈しない! ティナはあたしたちが守るんだ! 帰れ!」

なるほど、とリリアは内心で頷いた。どうやら完全に誤解されているらしい。今までの行いを考えるとそれも仕方のないことなので、怒りは覚えない。

——友達のためにリリアを睨み付けるなんて、なんて健気《けなげ》な子なんだ! リリア、その子の爪《つめ》をもらっておこうよ。煎《せん》じて飲もう。

——それを飲んだら貴方がもう少しましになるの?

——え? その返し方は予想してなかったけど……。え、あれ? リリアの私に対するイメージって……。

悩み始めたさくらを無視し、少女に視線を向ける。どうやって誤魔化そうかと思ったところで、

——え? 誤魔化すの? そのまま言えばいいじゃない。悪いことしてないんだから。

なるほど、とリリアは頷いた。確かに今回はティナに協力を仰ぎに行くだけだ。何も後ろ暗いことはない。

「何か誤解しているようだけど、私はティナさんに少しお願いしたいことがあって訪ねるだけよ。何か問題があるかしら?」

「は？　そんなこと信じられるわけないでしょ！　いいからさっさと出て行きなさい！」

そう語気を荒げて言うが、しかし手を出してくるわけでもない。仮にもこの学園に通っている以上、貴族の、しかも公爵家の人間に手を出すことがどういうことかよく分かっているのだろう。リリアが身じろぎせず少女を見つめていると、少女の表情がどんどんと険しくなっていった。

「それだったら……あたしにも考えが……」

「も、もうやめようよ、アイラ」

「ケイティンは黙ってて！」

少女の奥にもう一人、青い長髪の気の弱そうな少女がアイラの袖を掴んでいた。この国においても珍しい髪の色なので記憶にある。もっとも、見覚えがあるという程度で名前も家名も分からないが。

アイラと呼ばれた栗色の髪の少女が再びリリアを睨んでくる。時間の無駄だと思い始めたところで、

「アイラ、どうしたの？」

さらに第三者の声。ただしこちらの声はよく知っているものだった。

「ティナ！　来ちゃだめ！　部屋に戻りなさい！」

アイラが叫ぶが、足音は何も気にすることなく近づいてくる。

「来ちゃだめだってば！」

そう叫ぶアイラの横から、ティナが顔を出した。そして、あ、と嬉しそうな声を上げる。

「リリア！　こんなところにどうしたの？」

親しげな声に、アイラとケイティンが目を丸くした。それどころか、周囲の誰もが口を間抜けに開けている。その周囲の反応にティナは首を傾げていた。

「あれ？　どうしたの？　アイラもケイティンも、そんな変な顔して」

「いや、その、えっと……」

アイラの視線がリリアへと向く。困惑の色を浮かべているアイラにリリアは笑みを送り、そしてティナへと声をかけた。

「ティナ。少し時間いいかしら？　お願いしたいことがあるのよ」

「お願い？　リリアが私に!?　もちろん大丈夫だよ！　私の部屋に……。あ、片付けてくるからちょっと待ってて！　すぐに戻るから！」

そう言って慌ただしく駆けていく。後に残されたのは呆然としているアイラとケイティンたちと、それを少しおかしそうに見つめるリリアだけだ。リリアを見ていたアイラは気まずそうに視線を逸らし、

「その……。ごめん」

「いいわ。許しましょう。改めて、案内してくれるかしら？」

「うん……。こっち」

しおらしく頷いて、アイラが奥へと歩いて行く。ケイティンがそれに続き、リリアもその後を追った。

二階の各部屋に続く廊下には、三階よりもかなり短い間隔で扉が並んでいた。それだけでそれぞ

れの部屋の広さが分かる。リリアにあてがわれている部屋の寝室程度の広さがあればいい方だろう。噂には聞いたことはあるが、本当に狭い部屋で生活しているようだ。

――むしろリリアの部屋が広すぎるんだよ。私が住んでいた部屋よりも広いよ。

――へえ……。さくらはどんな部屋に住んでいたの？

――ワンルームだよ。でもちゃんとお風呂はあった！　いいでしょ！

――そうね。私の部屋にもあるけどね。

――これだからお金持ちは！　羨ましくなんてないよ！

そう言っているわりには、小声ながらあのお風呂に入ってみたいな、などと聞こえているのだが、聞こえないふりをするのが優しさだろうか。そんなことを考えていると、アイラが一つの扉の前で立ち止まった。

「ここ」

そう言って扉をノックする。

「ティナ。とりあえず連れてきたけど……」

「も、もう少し待って！」

ばたばたと何かを片付けている音が聞こえてくる。そんなに散らかっているのかと意外に思っていると、ケイティンが苦笑して、

「誤解しないであげてくださいね。散らかっているといっても勉強道具ばかりで、それを片付けているだけなんだと思います」

「へえ。熱心なのね。感心だわ」

やはりティナは勉強をしている側だったようだ。想像通りではあるが、何故か少しだけ嬉しく思ってしまう。そんなリリアをアイラとケイティンが珍獣を見るような目で見てきているのだが、リリアはまったく気づいていない。

しばらく待って、ようやく扉が開いた。ぎこちない笑顔を浮かべたティナが顔を出し、えへへと愛想笑いをしている。

「ごめんね、待たせちゃって。どうぞ。あ、アイラとケイティンは……えっと……」

「私は別にいいわよ。この二人も心配そうだし」

リリアの言葉に、アイラとケイティンはばつが悪そうに目を逸らした。いつまで疑っているのかと不愉快になりそうにもなるが、それだけティナのことを心配しているのだろう。ティナは良い友達に恵まれているようだ。

ティナの部屋はリリアの部屋と比べるととても小さな造りだった。真正面の壁に窓があり、左側にベッド、右側に勉強机がある。机の隣には教材などが並ぶ本棚もあった。それ以外には何もなく、ベッドと机の間は人が一人通るだけのスペースしかない。

「狭いわね……」

リリアが呟くと、ティナが苦笑いをしつつ、

「リリアの部屋は広いからね。実はちょっとだけ羨ましいかな。せめてあと一部屋分広ければいいんだけど、そうなると部屋数が足りないのは分かってるから……」

「どっかの貴族連中がもっと狭い部屋に移れば解決するだろうけどね」

アイラの棘《とげ》のある言葉にケイティンがぎょっと目を剥き、ティナは何とも言えない微妙な表情で

リリアの顔色を窺ってくる。リリアは、

「それでお願いのことなんだけど」

いっさい聞こえていない振りをして話を切り出した。

――成長したね、リリア。ちょっとうれし……。

――あとでどう料理しようかしらね……。

――してなかった！　口に出してないだけだった！　リリアだめだからね、ティナのお友達なんだから潰したらだめだよ！

――つまり友達でなければよかったのね。

――よくないよ！　極端だよ！

――ああ言えばこう言う、我が儘ね……。

――私⁉　私が悪いの⁉

うがあ、と叫ぶさくら。リリアはその声を意識から追い出し、改めてティナに顔を向けた。

「さっきも聞いたけど、リリアがわたしにお願いだなんて……。わたしにできることなら力になるよ？」

「ありがとう。でもそんなに難しい話でもないわ。貴方にとってはすぐに終わることだし」

どういうことかと不思議そうに首を傾げるティナ。リリアはちらりと本棚の隣に並ぶクローゼットを見ながら、

「服を一着、貸してもらえないかしら」

ティナが驚きで目を見開き、アイラとケイティンも絶句していた。しばらくしてティナが先に我

に返り、遠慮がちに言う。

「えっと……。わたしの持っている洋服はリリアが普段着ているようなものじゃないんだけど……。その、平民、というか、そんな人が着る服がほとんどだよ？」

「構わないわ。というよりね、そういった服を貸してほしいのよ。あとできれば、帽子なんてあればなおよいのだけど」

何に使うのだろう、とティナは不思議そうにしながらも、クローゼットの方に向かった。ちょっと待ってね、とクローゼットを開いて唸り始める。

「あのさ、リリアさん」

アイラの声。リリアが振り返ると、神妙な面持ちのアイラが続けた。

「もしかして、だけど……」

勘が鋭いのか、それともティナが鈍《にぶ》すぎるだけか。声に出して言っていいのか迷っているようで、アイラは何度もティナとリリアの間で視線を往復させる。ケイティンも察しているのか、口角がわずかに上がっていた。

「できれば内密にお願いしたいわね。……気づいていないようだし、ティナにも」

「あ、うん……。分かったよ。約束する。ティナには言わない」

アイラがしっかり頷いて、リリアも満足そうに頷いた。そして、

「これでどうかな！」

ティナが服を一着出してきた。広げると、真っ白なワンピースだった。装飾などはなく、とてもシンプルなものだ。

「白色だからリリアにぴったり！」

――ぶは！　白色！　ぴったり！　リリアがすごい誤解されてるよ！

――さくらの言い方に腹は立つけど、概ね同意よ。この子、私を美化していないかしら？

――ティナの中ではリリアはとてもいい人になってるみたいだね。裏切らないようにがんばれ。

――努力はするけど……。

いつの間にこのような評価になっていたのだろう、とため息をつきながら、リリアは服を受け取ろうとして、

「待った」

アイラがそれを横から奪い取った。

「アイラ？」

「どういうつもり？」

ティナがきょとんと首を傾げ、リリアは目を細める。怖いよその目、とアイラは苦笑しつつ、

「リリアさん。あんたがこれをこのまま持って行っていいの？　間違いなく貴族連中が反応すると思うんだけど」

「ああ……。そうね。それで？　そう言うからには何か良い案でもあるの？」

挑発しているかのような問いかけだったが、純粋に気になって聞いているだけだ。それはアイラも理解したのか、真面目な表情で頷いた。

「ちょうど良いサイズの木箱があるからさ、それに入れてあんたの部屋に持って行くよ。あたしはあんたと騒ぎを起こしたところだし、詫《わ》びの品を持って行った、と見られる程度じゃないかな」

なるほど、とリリアは頷いた。確かにそれなら不自然なところはないだろう。本来なら使用人が代わりに届けたりするものだが、下級貴族、もしくは平民のアイラなら本人が直接訪ねてもおかしくはない。

「いいわね。それじゃあアイラさん、お願いできる？」

「ああ。任せて」

アイラは頷くと、服を持って部屋を出て行った。ケイティンも頭をしっかりと下げてからその後を追う。残されたリリアとティナは、それを見送った後、

「いいお友達ね」

「えへへ。私にはもったいないぐらいだよ」

友達が褒められたのが嬉しいのか、満面の笑顔だった。

「それじゃあ私は部屋に戻るわね。ティナ、このお礼は必ずするから」

「別にいいよ。その代わり、また一緒にご飯、行こうね」

そう言って屈託なく笑う。リリアは一瞬だけ目を見開くと、ええ、と静かに頷いた。

――ティナは欲がないね。リリアにはもったいない友達だ。

――ええ、本当に。

――いや、そこは同意しないでよ。これからのリリアにはふさわしい友達だよ。ほんとだよ？

寝室でさくらと言葉を交わしながら、リリアはアリサが用意したドレスに着替えさせられていた。ドレスといっても華美なものではなく、落ち着いた印象を受けるものだ。着替えもしやすく、これ

ならリリア一人でも脱ぐことができるだろう。

夜会へと着ていくドレスは、後ほどアイラが持ってきてくれる服に着替えた後はどこかに隠すことになる。盗まれる可能性も考慮して、ドレスの準備を始めたアリサには汚れても困らないものをと頼んだ。そのため、リリアが着るものにしてはそれほど高いものではない。一般的なものに比べると十分に高級品なのではあるが。

汚れても困らないもの、と言った時に当然ながらアリサは疑わしげにリリアを見つめてきたが、特に何も詮索《せんさく》することなく流してくれている。ただ、密偵に対して何かを相談していたようだったので、監視を兼ねた護衛はつきそうだ。邪魔されなければそれも構わない。

——来たみたいだよ。

さくらの声に、リリアは顔を上げた。寝室の扉がノックされ、アリサの声が届く。お客様です、と。

「ここまで案内してあげてもらえる?」

リリアがそう応えると、アリサの声が途切れた。絶句したかのような気配の後、畏まりましたと気配が下がっていく。そしてさほど待つこともなく、再び扉がノックされた。

「どうぞ」

「失礼します……」

そうして入ってきたのは、先ほど別れたアイラだ。大きめの木箱を抱えて、挙動不審になっている。周囲の物に触れないように気を遣っているのがすぐに分かった。

「別に何かを落として壊してしまっても私は気にしないわよ?」

「いや、あたしが気にするよ……、気にします」

「言葉遣いも先ほどと同じで結構。今更改められても気持ち悪いわ」

「うぐ……。分かったよ……」

アイラは肩を落とすと、木箱を持ってリリアに近づく。リリアがその場の床を指差すと、指示された場所に木箱を置いた。

「なあ、リリアさん」

「なにかしら」

「もしかしなくても……南側に行くつもりなのか？」

未だ信じられないのか、疑わしげにそう問うてくる。リリアはしっかりと頷いた。

「ええ、そうよ。何か問題でも？」

「いや、問題はないけどさ。学園の側ってことで治安も悪くないし。ただ、ちょっとイメージに合わなくて……。何が目的なんだ？」

「どら焼き」

「え……。は？」

自分が聞いた言葉が信じられなかったのか、アイラが目を丸くした。その様子が少しおかしく、わずかに笑みを浮かべてしまう。

「この間、ティナにどら焼きをもらったのよ。それが美味しくて、買いに行こうかなと。あと他にも色々とあると聞いたから、少し見て回るつもりよ」

「なるほどねえ……。この間ティナがどら焼きをどこかに持って行ったのは知っていたけど、まさかリリアさんだったとはね。本当に友達なんだな。嫌がらせしてたってのは単なる噂か」

「あら、事実よ？　ただ和解をしただけだから」

ぽかん、と間抜けに口を開くアイラ。くすくすとリリアは忍び笑いを漏らし、さて、と立ち上がった。

「それじゃあ私は夜会の準備があるから」

「あ、ああ……。まあ、気をつけて……。あ、そうだ。紙とペン、あるかな」

リリアは怪訝そうに眉をひそめながら、机からさくらとの勉強で使っているものを取り出した。受け取ったアイラが、やっぱり高級品だ、と恐れおののいているが、気にすることでもないだろう。何をするのかと思って見守っていれば、アイラは何かを紙に走り書きしていた。

そして無言で渡されたそれを見てみれば、地図だった。学園からいくつかの店を回るコースが書かれている。これは何かという意味を込めてアイラへと視線をやると、アイラは少し頬を染めてそっぽを向いていた。

「あたしたちがよく行く店だ。その通りに行けば順番に回れるよ。夜会を抜け出して、だとあまり時間ないだろ？　初めてならそれがおすすめだよ」

「あら……。ありがとう。使わせていただくわ」

リリアは紙をしげしげと眺めると、それを丁寧にたたむ。

「ああ、それと。他の店には行くなよ。興味があるものがあれば後で言ってほしい。おすすめの店を教えてやるから」

外れが多いからな、とアイラが苦笑する。ここまでされると、さすがに疑ってしまう。

「ずいぶんと良くしてくれるけど……。何か目的があるの？」

そう聞くと、アイラはそうなるのか、と少し驚いたようだった。どう説明しようかと考えるようにあごに手を当て、考え始める。そのまま少し待っていると、やがて首を振った。

「うまく言葉にできない。まあ、目的ならあるよ」

「なにかしら。これに見合う価値のものなら、応えてあげるけど」

「はは。それだと何もしてもらえなくなるよ」

リリアにとってはこの情報はそれなりに価値のあるものなのだが、どうやらアイラはそう考えてはいないらしい。訂正するつもりもないので、アイラの要求を待つ。

「別に難しいことじゃない。これからもティナと仲良くしてやってほしい。それだけだ」

「それは……。もちろんそのつもりだけど。貴方自身は何もないの？」

「ないね。まあ、そうだなあ……。今後ともよろしく、てことで」

アイラはそう言って笑顔を見せると、それじゃ、と手を上げて退室していった。そのまま、部屋の前で待機していたのだろうアリサと共に気配が遠ざかっていく。リリアはゆっくりと息を吐き出すと、椅子に深く腰掛けた。

——自分のことよりティナのことだなんて……。理解できないわ。

——親友、なんだろうね。いいなあ、羨ましいなあ。あ、でも私はリリアのこと、親友だと思ってるよ。

——やめて、気持ち悪い。

——ひどい！

さくらがどれだけリリアのことを考えているか、というアピールを長々と聞いていたが、リリアはそれらをすべて黙殺した。アイラから受け取った紙を広げて眺めるリリアの口角がわずかに上がっていたのだが、リリア自身は最後まで気づかなかった。

夕方になり、時間が迫ってきたところでリリアは自室を出た。後ろには木箱を持ったアリサが続く。リリア一人で出ようとしたのだが、さすがにその荷物を持っていては不自然だとアリサに止められてしまった。

「リリア様がお出かけになっている間、荷物はしっかり見ておきます」

そう言ったアリサは満面の笑顔で、リリアの計画は完全に見抜かれているらしかった。それでも止めようとしないのは、リリアが考えを変えるとは思っていないためだろう。面倒な説得がないのなら最初から説明をしておけば良かったと少しばかり後悔した。

――でも良かったんじゃないかな。次からはこんな無理をしなくても、アリサに協力してもらえるよ。

――間違いなく心配されるでしょうけどね。

――まあ、密偵さんたちが来てくれると思うから大丈夫でしょ。

誰からも聞いていないのに確信しているような言い方に、少しだけだが違和感を覚えた。まさか、と思いつつ周囲を軽く見回しながら、

――どこかに……いるの？

――うん。でも油断はしないでね。一人だけみたいだから、大勢に襲われたらどうしようもない

よ。

——そうね……。気をつけるわ。

リリアは何も知らないふりをしつつ、会場へと足を運んだ。

いつの間に準備をしていたのか、校庭には多くのテーブルが並べられ、様々な料理が運ばれてくるところだった。リリアより早くに来ていたらしい何人かが、集まって談笑している。校庭の入口にはテーブルと男が二人。男たちはリリアを認めると、恭しく一礼した。

「いらっしゃいませ、リリアーヌ様」

そのうちの一人にリリアは招待状を渡した。拝見いたします、と受け取り、しかしその中身など確認せずにどうぞ、と入るように促してくる。

「聞いておきたいのだけど、出入りは自由かしら」

「はい。いかがなさいましたか？」

「少し忘れ物があったから、取りに戻るわ。終わるまでには戻るから、私のことは気にしないように」

「畏まりました」

男二人の礼に送られ、リリアはその場を後にする。そして側の校舎に入ると、教室の扉の一つを開けようとする。しかし当然ながら鍵がかかっていた。

「リリア様。失礼します」

アリサとは違う声。かつ、アリサとリリアよりも高い声に内心で驚きながら振り返る。黒装束《くろしょうぞく》の少女がそこにいた。少女は懐から鍵を取り出すと、その鍵で教室を開けてしまった。

「どこから持ってきたの？」

「父上に預かりました。この鍵を使うだろう、と」

「そう……」

リリアの頬がわずかに引きつり、見守っていたアリサが苦笑を浮かべた。

――完全に行動パターン読まれてるね。というより秘密の計画が秘密でも何でもなくなってるね。

――私の気苦労は何だったのよ……。

――無駄。無意味。あほだね！

――言い出したのは貴方ではなかったかしら？

――だめだよリリア。過去にとらわれたらだめだよ！　未来を見ないと！　お菓子が私たちを呼んでるよー！

ずいぶんと元気な声だが、先の話題を無理やりに逸らそうとしているのは明白だった。やれやれと首を振りつつも、さくらの提案に乗ったのは間違いなく自分自身なのでそれ以上は何も言わないことにした。

教室で素早く着替えを済ませる。着替え終わったリリアを見て、少女二人が歓声を上げた。

「似合っていますよ、リリア様！」

「とてもかわいらしいです！」

そう、とリリアは頷きつつ、だがあまり嬉しいとは思えない。リリアにとってはどうしても地味なように思えてしまう。これで外を歩くのか、と思うと少しだけ気分も落ち込んでしまう。

「ちゃんと平民に見えるかしら？」

リリアがそう聞くと、アリサと密偵の少女二人ともが目を逸らした。え、と固まるリリアに、慌てたようにアリサが言う。

「だ、大丈夫です！　平民、とはまた違いますが、お忍びで来ているお嬢様、ぐらいには見えますよ！」

「そうです、少なくとも公爵家のご令嬢には見えません！」

それは安心していいのだろうか、喜んでいいのだろうか。リリアにはどうにも答えが分からず、曖昧な笑みを浮かべるしかなかった。

「リリア様。これもどうぞ」

そうして渡されたのは麦わら帽子だ。これも一緒に入っていたらしい。それをかぶると、少女二人は満足そうに頷いた。

「大丈夫そう？」

「ええ。大丈夫です」

「何かあってもお守りしますので安心してください」

この少女に守られるのか、と少しだけ怪訝そうに見つめると、少女はリリアの考えを察したのかすぐに首を振った。

「何かあった時は私では対応しきれません。学園を出てからは、父上が陰ながら同行させていただきます」

「そう。一緒に歩いてくれてもいいのだけど」

——え？　いいの？　リリア、想像して。ちょっといいところのお忍びのお嬢様とそれに並んで歩く黒ずくめのおっさん。

——おっさん、て貴方ね……。

苦言を呈しつつも、想像してみる。すぐに、これはない、と首を振った。

「ごめんなさい、訂正するわ。一人で歩きたい」

「畏まりました」

苦笑しつつ、では戻りますね、と少女が一礼して教室を後にした。その後ろ姿を見送りながら、ふと思い出したことがあった。

「そう言えば私、あの子もそうだし、他の二人の名前も結局聞いてないわね」

「そうでしたね。お答えしましょうか？」

「いえ、いいわ。機会があれば自分で聞くから」

それよりも早く行かなければ帰りが遅くなってしまう。リリアが扉へと歩き出すと、アリサは黙したまま頭を下げた。


学園の門には常に国の兵士が常駐している。門を通るためにはここで様々な手続きするのが普通だ。まずここでどうやって誤魔化すか、もしくはどう内密にしてもらうかを考えていたのだが、

「いってらっしゃいませ」

何も言われずに通されてしまった。

——どういうこと？

――うん。あとで密偵の人たちにお礼を言っておいてね。先に話を通してくれたみたいだから。

その言葉に、リリアは目を丸くした。そんな話は聞いたことがなかったのだが。

――この間のことがあるから、リリアの不興を買わないように必死なんじゃないかな。

――そこまで怒ったつもりはないのだけれどね。

――いや十分怖かったからね？

そんなものか、と思いつつ、リリアは敷地の外に出た。

学園の南側すぐは、左右に延びる広い通りと真南のさらに広い通りになっていた。そのどちらにも、何かしらの店が並んでいる。リリアはアイラから受け取った紙を広げると、地図に従って歩き出す。だがすぐに立ち止まった。

――さくら。この地図、分かる？

――うん。分かるけど……。ああ、そっか。これは要所要所しか書いてない地図だからね。案内してあげる。

さくらの指示の元、リリアは南側の街の中へと繰り出した。

――この国にはね、百年前に賢者様がいたんだよ。賢者様は多くのことをこの国に伝えたんだけど、特に力を入れたのが食べ物なんだって。何でも、自分が好きなものが何一つないってことですごくがんばったらしい。なんて素晴らしい人なんだ！　ところでリリア、聞いてないでしょ。あ、そこ右。

――聞いてるわよ。ただ私は貴方ほど食べ物に執着していないけど。

さくらの案内に従い、リリアは賑やかな通りを一人で歩いて行く。行き交う人々がリリアを見て振り返っているが、学園では当たり前のことでもあるので気にもしない。それ故に、何故注目を集めているかを考えることすらしていないのだが。

さくらは案内を始めてからすぐに、この国の歴史について講義し始めた。歴史といっても、食べ物のことばかりだ。確かに美味しいものを食べたいという願望はあるが、さくらほど執着しているわけではない。食べ物に改革をもたらした賢者など興味もない。

それはさくらも分かっているというのに、ずっと話し続けている。わざわざ、時折聞いているかと確認してまでだ。

——ねえ、リリアは不思議に思わないの?

——何がよ。

——塩のちゃんとした作り方も知らないのに、当然のようにどこにでもあるんだよ。

ぴたり、とリリアは足を止めた。

この国には様々な調味料が揃っている。当然ながら塩や砂糖もある。そしてそれらは、魔方陣で精霊たちにお願いすることにより、作成過程を省略して原料から作られているものだ。

本来なら作成過程を知らなければ精霊たちに願うことすらできない。故に誰かは作成過程を知っているはずだというのに、作り方として知っているのは魔方陣によって作る、ということだけだ。それが当たり前だと思っていたが、指摘されると妙な話だと分かる。

——ね。不思議だね。

楽しげに笑うさくらに、リリアは薄ら寒いものを覚えてしまう。この声の主は、それらの作成方法を知っていた。魔方陣に頼らず作る方法を。

――さくら。貴方もしかして、その賢者だったりするの？

少しばかりの確信を込めてそう問うたが、しかしさくらは、違うと即答した。

――ただ、その賢者さんは私と似通った人なんだろうなとは思うよ。私みたいに誰かに取り憑いていたのかは分からないけど、ね。あ、リリアそこのお店！　すごいよ苺《いちご》大福だよ買って買ってねえ買って！

――真面目な話をしていたと思ったら……。もう少し続ける努力をしなさいよ……。

口では文句を言いつつも、リリアはさくらの示した店へと向かう。店頭に大福と呼ばれている菓子が並び、苺大福というものはそれらの真ん中に、目立つようにして並べられていた。それを一個だけ購入して、その場で口に入れる。

――へえ……。苺そのものが入っているのね……。

――いちごだいふくだあ！　味もいちごだいふくだ！

先ほどまでの真面目な空気はどこへやら、さくらは苺大福の味にご満悦だ。リリアは、仕方ないなと苦笑しつつ、もう一個購入して次の店に向かった。

その後はどうでもいいような雑談を交わしつつ、アイラの紙に書かれた店を巡る。途中、気になる店や料理は数多くあったが、それらは一つの例外を除いてすべて無視している。その例外が苺大福なわけだが。

そうしてぐるっと一周して最後の店で買い物をしていた時に、

「お嬢様。そろそろよろしいでしょうか」

男の声。振り返らなくても声だけで分かる。密偵三人のうちの一人だ。そう言えば密偵の少女はこの男のことを父上と呼んでいたが、やはり親子なのだろうか。少しだけ気にはなるが、詮索するようなことでもないので口には出さなかった。

「分かっているわ。これを買ったら帰るわよ」

リリアの目の前で小さな紙箱が包まれていく。それを店員から手渡されたリリアは、わずかに口角を上げながら目の前に見えている学園に向かう。

門にたどり着くと、兵士はリリアを一瞥すると、リリアが手に持っている紙箱に目を留めた。しかし何も言わずに道を空けてくれる。リリアも特に何も言わずに、そっとその場を通る。いつの間にか密偵の男はいなくなっていたので、すでに手を回してくれていたのだろう。そのまま着替えた教室に戻ると、出た時と同じようにアリサが待っていた。

「お帰りなさいませ、リリア様」

アリサが丁寧に頭を下げる。リリアは頷きを返し、持っていた紙箱を机に置いた。

「これを私の部屋に持って行っておいてくれる？　私は夜会に顔を出してくるわ」

「はい。畏まりました」

「ああ、ちなみにこのうちの一個はアリサのものだから。先に食べておいていいわよ」

アリサが驚きからか大きく目を見開いた。少しだけ声を震わしながら、

「よろしいのですか……？」

「いいと言っているでしょう」

「ありがとうございます！」

アリサが勢いよく頭を下げる。リリアは不思議に思いながらも、着替えの手伝いだけ命じて、後はそのまま部屋に戻らせた。

夜会に戻ると、入口に立っている男がわずかに目を見開いた。

「お帰りなさいませ、リリアーヌ様。その、申し訳ないのですが……」

「もう少しで終わりなのでしょう？　構いません。挨拶をするだけですから」

「失礼しました。では、どうぞ」

男の側を通り、会場に入る。ここを出た時と違い、大勢の人がその場にいた。テーブルには未だに数多くの料理が並んでいる。

――リリア。食べないの？

――さすがにもう食べられないわよ……。

――まあ、それもそうだね。

街を回っている間に食べたお菓子ですでに腹は満たされていた。食べられないことはないが、無理して食べる必要はないだろう。

ふと視線を感じて周囲を見回す。こちらを見ている何人かと目が合ったが、すぐに相手の方から逸らしていた。少しだけ不機嫌になりつつ、用事を済ませるために目的の人物を探す。その人物を中心としてちょっとした集まりができているので、すぐに見つけることができた。

そちらへと向けて歩き出す。リリアに気づいた周囲が静まり返り、リリアのために道を空ける。いつもの光景だ。その中にはティナの姿もあった。

――え？

さくらとそろって心の中で声を発し、不自然にならないように視線だけで右前方を見る。確かに、ティナだ。豪奢《ごうしゃ》なドレスを着ているティナは、とても居心地が悪そうに見えた。

――馬鹿王子の仕業だろうね。

――ほんっとうに……。ろくでもない……。

少しはティナの立場を考えろ、と今なら思える。確かにティナは男爵家だが、王家主催の夜会に呼ばれるほどの家柄ではない。周囲のほぼ全員が上級貴族の中、ティナはどのような心境でここにいるのだろうか。王子は、嫌なら断ればいいと思っているかもしれないが、男爵家のティナが王子の誘いを断れるはずもない。

そんなことにも頭が回らないのか、と軽く失望しつつも、リリアは目的の人物、王子の目の前で立ち止まった。

「リリアーヌ。何しに来た」

開口一番のそのような言葉に、リリアは思わず眉をひそめた。周囲からも戸惑いの声が漏れている。リリアはすぐに笑顔の仮面を貼り付けると、

「まあ、招待状を届けさせておいて、その言い方はあんまりですわ」

笑顔は笑顔でも嘲笑《ちょうしょう》ではあったが。

「こちらも送りたくて送ったわけではない。公爵家の者を呼ばないわけにはいかないとうるさかったのだ」

「私だって来たくはありませんでしたけどね。王家から招待状を受けて欠席するわけにもいかないでしょう。私としては、貴方を視界に入れることすらしたくありませんのに」

王子が眉を吊り上げた。怒鳴るために息を吸い込み、

「少しは立場を考えていただけませんか、殿下」

「貴様に言われたくはないわ！」

王子の、怒鳴り声。周囲の空気が張り詰めるが、リリアにとっては知ったことではない。

――いやでも、一応場所が場所だし、リリアも自分の立場を考えないと。家族に迷惑がかかるよ。

――それは……。そうね、気をつけるわ。

荒《すさ》み始めていた心を何とか落ち着かせ、リリアは王子を睨み据える。それはやめないんだね、とさくらが苦笑するが、さすがにこれは直せない。

「そうですね。私も場所を考えずに言い過ぎました。申し訳ありません」

そう言って頭を下げる。周囲から驚きの声が漏れる。滅多に頭を下げないリリアが素直に下げたのだから当然とも言える。

「ふん。分かればいいのだ」

「はい。反省しましょう。反省した上で申し上げます。少しは立場を考えてください」

な、と王子が絶句し、そして顔を怒りで赤くする。リリアは今度は謝罪せずに、ちらりと背後を振り返り、すぐに王子へと視線を戻した。

「殿下。どうしてこの場に男爵家のティナ様がいらっしゃるのでしょうか」

「そんなものは決まっている。私が呼んだからだ」

「何故？」

「貴様には関係ないだろう！」

――馬鹿だ。馬鹿がいるよ。

――だめよ、さくら。失礼じゃない。

――誰に？

――馬鹿に。

心の中でさくらと軽口を交わしつつ、それを清涼剤にしてリリアは微笑んだ。さくらのおかげで、怒りすぎないでいられる。

「殿下。貴方は何を考えているのですか？」

「何がだ」

「招待状を受け取るのはほとんど上級貴族の方々です。そんな中で一人、ティナ様だけがこの場にいる。あの子がどのような思いをするのか、分かっているのですか？」

「どういうことだ。私が呼びたいと思って呼んで何が悪い」

――あ、だめだこれ。理解しようともしてない。リリア、諦めよう。

――そうね。ティナには申し訳ないけど、私には手に負えないわ。

さくらと二人でため息をつき、王子に背を向けた。これ以上言葉を交わしても無駄だと分かった以上、ここにいる意味はない。顔見せの目的は果たしたのだし、部屋に戻ることにした。街巡りの上機嫌が嘘のような嫌な気分になりながら、リリアは何も言わずに歩き出した。

「待て、リリアーヌ！　話は終わっていないぞ！」

王子の言葉に足を止め、振り返らずに答えた。

「いいえ、終わりました。貴方と言葉を交わす意味がないと分かった以上、私にはここにいる意味がありませんもの」

それ以上は今度こそ何も言わずに歩く。背後から王子が何事かを叫んでいるが、そのすべてを無視した。

リリアの帰り道をふさぐものは誰もいない。誰もがリリアの顔を見るなり、蜘蛛《くも》の子を散らすかのように逃げていく。だが出口付近まで来て、逃げない者が一人だけいた。

「リリア様……」

ティナがこちらを心配そうに見つめていた。他の上級貴族がいるためか、気安い言葉は控えているようだ。リリアはティナを一瞥するだけで、何も言わずにその横を通り過ぎる。

「がんばりなさい」

「……っ！」

去り際に短く告げたリリアの言葉にティナが大きく目を見開いた。その後の姿を確かめることはせず、リリアは足早にその場を立ち去った。


自室に戻ると、アリサが紅茶の準備をして待っていた。わずかに驚きつつも、アリサに促されるままに席につく。紅茶を一口飲み、ようやく人心地がついたことを実感した。

「お疲れ様でした、リリア様」

この少女はどこまで知っていて言っているのだろうか。不思議に思いながらも、リリアは小さく肩をすくめるだけで返事はしなかった。

「明日のご予定は何かございますか？」

「別に何も……。いえ、あるわね。けどアリサたちに手伝ってもらうことは何もないから、貴方たちは休みでいいわよ。休日ぐらい休みなさい」

そう言うと、アリサは困ったように眉尻を下げた。アリサが口を開こうとしたので、先に言っておく。

「これは命令ということでいいわ」

「う……」

「休みなさい」

アリサはまだ何かを言おうとしているようだったが、やがて諦めたようにため息をついた。しかしそれは諦めであり、納得したわけではない。アリサはまだしばらく考えていたようだったがやがて、では、と口を開いた。

「お昼だけ休ませていただきます。よろしいでしょうか？」

「…………。勝手にしなさい……」

なぜそこまで休みたくないのかと疑問に思うが、これ以上はアリサも譲りそうにはなかったのでそれで納得することにした。

——リリア、明日は実際に何をするの？

——別に。少しだけ根回しをするだけよ。

——ティナのために？

——そうなるわね。

答えながら、自分の言葉を意外に思ってしまった。まさか人のために動くことになるとは、と。

だが、すぐにリリアは首を振った。これは服を貸してもらったことに対する礼の代わりだ。自分のためだ、と言い聞かせる。

――いいことなんだから、誤魔化さなくてもいいのに。

さくらは楽しそうに笑ってそう言った。

翌日。朝食を済ませ、街に買い物に行くというアリサを見送った後、午前中はさくらと共に自分の勉強をした。昼食は昨日買った菓子で済ませ、昼過ぎにリリアも自室を出た。

二階のホールに出ると、部屋がまた静まり返った。だが昨日ほどの衝撃はないのか、すぐにリリアから視線を逸らし、ぽつりぽつりと会話を再開させ始める。それでもまだリリアを見て固まっている者は何人かいたが、リリアは気にせずに歩を進めた。

そうしてたどり着いたのは、ティナの部屋だ。ノックをすると、はい、とティナの声が聞こえてきた。

「ティナ。私よ」

「リリア？　ちょっと待ってね」

その声のすぐ後に、扉が開かれる。顔を出したティナは、少しだけ疲れているようだった。

「いらっしゃい、リリア。どうしたの？」

「いえ、別に……。中に入ってもいいかしら？」

「うん。もちろん」

ティナに続いて部屋に入る。ティナの机には、教材とノートが広げられていた。真面目に勉強をしていたのだろう、何故だか少しだけ嬉しくなった。

――お姉ちゃんみたいだね。

――は？　お姉ちゃん？

――何でもないよ。

楽しげに笑っているところから何でもないということはないと思うのだが、答えるつもりがないのなら聞いても無駄だと分かってはいる。

「ティナ。昨日はあの後はどうだったの？」

ティナに聞くと、ティナは弱り切った笑顔を浮かべた。

「帰るまでは何もなかったんだけど……」

ティナの視線が机の隅に向けられる。そこには小さく折りたたまれた紙が何枚かあった。怪訝そうに眉をひそめながら、リリアはそれを手に取り、中を読んだ。そしてすぐに、目が細められた。

――リリア、怖いよ。でも気持ちは分かるよ。

――何なのよ、これは……。

紙は六枚。そのどれもに、お前は王子にふさわしくない、調子に乗るな、などといった言葉が並んでいた、ティナを知る身としてはすべての言葉が的外れすぎて、呆れることしかできない。

――量産型リリアだ。

――意味は分からないけど馬鹿にされたことだけは分かったわ。

――じゃあ、あれだ。量産型旧リリア！

――いい度胸してるわね……。

そう言いながらも、さくらの言いたいことは理解できる。リリアも以前はこの紙を送りつけた者と似通ったことをしていたと言いたいのだろう。自分自身が情けないと今なら素直に思える。

——そう思えてるなら、リリアは大丈夫だよ。

——ならいいのだけど。

紙をめくりながら、とりあえず目を通していく。そして最後の一枚を見た時、リリアの動きが止まった。

「リリア？　どうしたの？」

かわいらしく首を傾げるティナに、リリアは曖昧な笑みを返した。最後の一枚だけ抜き取り、他のものは元の場所に戻しておく。

「ティナ。これは捨てないようにね。不愉快なのは分かるけど」

「え？　うん。いいけど……」

実に不思議そうにしていたが、これはいずれ使うかもしれない。捨てさせるわけにはいかないものだ。

「リリアが持ってるそれは？」

「これは……。ちょっと預かるわ。返せないかもしれないけど、いいかしら？」

「いいけど……。何をするの？」

不安そうに問いかけてくるティナ。今でこそティナと普通に話しているリリアだが、リリア自身、以前はもっと過激な行いをしていたものだ。そのリリアが、心ない言葉が書かれた紙を持って行くという。嫌な予感しかしないだろう。そしてリリアも、隠すつもりはない。

「この字には見覚えがあるから、本人に聞いてみるわ」

その言葉が予想通りだったのだろう、ティナはどうにも複雑そうな表情をしている。ティナのために動くというリリアに喜ぶべきか、この後を考えて怖がるべきか、と。

「あの、リリア。わたしはそんなに気にしてないから……。だから、ひどいことしないでね？」

「分かっているわ。貴方の意志を尊重する。注意するだけよ」

ティナの顔をしっかりと見て、笑顔でそう告げる。ティナは安堵のため息を漏らすと、ありがとう、と力なく微笑んだ。

「じゃあ私は行くから。そうそう、洋服だけど、もう少しの間借りていてもいいかしら？」

「うん。あ、そうだ。あの服でよければあげるよ。お父さんにもそうするように言われたから」

いつの間に父と会っていたのか。少しだけ驚きつつも、ティナの好意に素直に甘えることにした。ティナはともかく、その父は何か考えがあるのかもしれないが、直接会ったわけではないのであまり気にする必要もないだろう。何か言われれば、全力で叩き潰すまでだ。

――容赦ないなあ……。

さくらの苦笑を流しながら、リリアはティナに軽く手を振ると、その部屋を後にした。

部屋を出て、歩き出そうとしたところで、

「リリアさん」

声をかけられ、立ち止まった。振り返ると、アイラとケイティンがそこにいた。

「その……。ティナの様子、どうだったかな……」

アイラのその問いに、リリアはわずかに眉をひそめた。自分で確認すればいいだろうに、と思うが、とりあえず素直に答えておく。

「何も。いつも通りだったわよ」

「そ、そうか！　良かった……」

「まあ、明らかに無理はしていたけれど」

付け加えられたその言葉に、顔を輝かせていたアイラとケイティンの表情が凍った。少しずつ気落ちしたものに変わっていく。

「どうしよう……。あたしたちだと何も力になれない……」

「せめてもう少し上の貴族だったら……少しぐらい支えられたかもしれないのに……」

「心配するわりに部屋には入らないのね」

この二人はこの程度だったのか。若干《じゃっかん》の失望を込めてそう言うと、アイラがリリアを睨み付けてきた。

「朝から何度も会ってるよ。でもあたしから見てもあいつはいつも通りなんだ。無理をしてるってことは何となく分かってたけど……」

ティナの力になりたいとは思っているようだ。少しばかり安堵しつつ、その意志があるなら大丈夫だろうと頷く。ケイティンの方を見ると、じっとこちらを見つめていた。

「リリア様ならどうにかできませんか？」

「さて、ね……」

二人から視線を逸らし、ティナの部屋の扉を見る。物音のいっさいしないその扉。ティナは今、何を考えているのだろうか。

「貴方たちにお願いしたいことがあるのだけど」

ぽつりと漏らされたその言葉に、二人が大きく目を見開いた。そんなに自分がお願いするのが意外なのかと少しだけ腹を立てながらも、ここで仲違いをしても意味がないと口には出さない。しっかりと二人を見据えて、言った。

「今後、ティナが出歩く時は、貴方たちも一緒に行動しなさい。それだけでずいぶんと変わるはずだから」

「え……？　そんなことで？」

「変わるのよ。一人きりを狙《ねら》った方が嫌がらせっていうのはやりやすいもの」

――さすが経験者。

――うるさいわね。

「あとこれも渡しておくわ」

そう言いながらリリアが取り出したものは、複雑な魔方陣が描かれた大きめの紙だ。それを目の前で四つに折り、アイラへと差し出す。アイラは困惑しながらそれを受け取り、何か問いたげな視線をリリアへと向けてきた。

「風の精霊の力を借りて、声を任意の相手に届ける魔方陣よ。対象は私にしてあるから、何かあればいつでも連絡しなさい」

「い、いいのか？」

「ええ。ただしそれは私に届くだけで返事は送れないから。くだらないことには使わないように」

念のために釘《くぎ》を刺しておくのは忘れない。緊急の対応が必要な時以外に使われても正直困るだけだ。それも分かっているのだろう、アイラとケイティンはしっかりと頷いた。

「そろそろ行くわね。ああ、そうそう、アイラさん。地図をありがとう。また今度、お願いするわね」

「ああ、ちゃんと役に立ったなら良かったよ。あんなのでよければいつでも言って」

リリアは頷くと、今度こそその場を後にした。


リリアは自室に戻ると、寝室に入り、椅子に深く腰掛けた。これからどう動こうかと考えを巡らせていく。

――やっぱり注意だけじゃないんだね。

――当然でしょう。あんな顔を見てしまうとね。

ティナは確かに平静を装っていた。実際にあの時はもう落ち着いていたように見える。だがリリアは気づいてしまった。ティナの目元に、泣きはらしたあとがあることに。それを思い出すだけで、怒りがふつふつとこみ上げてくる。

まだ短い付き合いだが、ティナはとても素直で優しい子だ。今まで辛く当たっていたリリアに対しても友達として付き合ってくれる。それを考えるだけでも底抜けなお人好しだろう。それが欠点でもあるだろうが、それほど責められることではないはずだ。

そしてティナは、決して打たれ強いわけではない。おそらくは、むしろ打たれ弱い方だろう。何となくだが、ティナは人に嫌われることを怖れているような節がある。だからこそ、心ない言葉には人一倍敏感で、あんな紙に書かれた文字にすら泣いてしまうのだろう。

あれを書いた者にも怒りはあるが、もう一人、王子は何をしているのかと思う。リリアを捨てたのなら、それ相応の形を見せてほしいものだ。それなのに、ティナのことを守ろうともしていない。こうなることは予想できたであろうに。それとも、予想もできないような馬鹿だったのだろうか。

――本当に……許せないわ……。

リリアはゆっくりと息を吐き出す。

――あの子をいじめていいのは私だけなのに。

――今までの流れがすべて台なしだよ！

さくらの叫びが頭に響く。リリアは顔をしかめながら、静かに微笑んだ。

――何か問題があるの？

――うん。もういいや。それで、どうするの？

さくらの問いに、リリアはそっと目を閉じる。少しだけ考えて、そして言った。

――まずは一人、叩き潰しましょう。

――怖いなあ……。それでこそリリアだけど。

さくらも楽しげに笑う。リリアの頭の中で、リリアとさくらの、とても楽しげな笑い声が響いていた。

翌日。リリアはいつも通りの朝を過ごし、いつも通りに教室に入った。何人かの生徒が教室で談笑していたが、リリアに気が付くと声を潜《ひそ》めて何かを囁《ささや》きあい、忍び笑いを漏らしていた。夜会のことでも言っているのかもしれないが、特に気にするようなことでもない。

リリアは教室を見回し、目的の人物がいないことに少しだけ落胆しつつ自分の席に座った。

しばらく待っていると、リリアの取り巻き三人が入ってきた。リリアを見つけると、席に荷物を置いてすぐに寄ってくる。煩わしいと思いながらも、彼女たちを出迎えた。

「申し訳ありません、リリア様！　遅くなってしまいました！」

「別に待っていないから気にしなくてもいいわよ。それよりも、貴方……」

リリアの視線が三人のうち、真ん中に立っている少女へと向く。しっかりと顔を見て、簡単に記憶を漁《あさ》る。セーラ・ヴァルディア。伯爵家の令嬢で、この学園に来るまではリリアとの繋がりはいっさいなかった少女。どこかの夜会で会ったことはあるかもしれないが、その程度だ。

リリアは机の上に、ティナからもらったあの紙を置いた。丁寧に書かれた文字だが、所々に特徴的な癖《くせ》がある。その癖は、セーラ特有のものだ。その紙を見たセーラが首を傾げた。

「あの……。どうしてリリアーヌ様がそれを……？」

どうやら隠すつもりはないらしい。それでも念のために聞いておく。

「これは貴方が書いたもので間違いないわね？」

「はい。私が書いて、あの小娘の荷物に紛《まぎ》れ込ませておきました。まさかあの小娘、リリアーヌ様を疑ったのですか？　なんて恐れ多い、すぐに問い詰めて……」

「黙りなさい」

意識していたわけではなかったが、予想以上に低い声が出てしまった。セーラがぴたりと言葉を止め、顔を青ざめさせている。いつの間にか周囲も静かになっていた。

「別に私が疑われていたわけではないわ。夜会での一件があったから、誰かがくだらないことをしているんじゃないかと、ティナさんの部屋を訪ねたのよ」

「え……」

驚きからか、セーラが大きく目を見開いた。驚きの理由には察しがつく。上級貴族の者が二階に足を踏み入れることなどないからだ。上級貴族の誰もが下級貴族以下のものを見下し、彼らの生活圏には足を踏み入れない。その場所へ、リリアがわざわざ赴《おもむ》いたというのだからこの驚きは当然のものだろう。

リリアは指先で机を、紙を叩いた。軽い音がしただけだが、セーラは恐怖からかびくりと体を震わせた。

「私がどこに行こうが、貴方には関係ないと思うのだけど。違う？」

「はい……。仰《おっしゃ》る通りです。申し訳ありません」

セーラが素直に頭を下げる。リリアは小さく鼻を鳴らしただけで、それで、とまた紙を叩いた。

「はい……？」

「これはどういうことかしら？」

セーラが書いたというこの紙にも、他に見たものと似通ったことが書かれている。殿下に釣り合わない、己の立場を考えろ、リリアーヌ様の温情を理解しろ、など。リリアの名前まで出ていたのでこれを読んだ時はさすがに呆れたものだ。

「その……。その言葉の通りです」

「つまり？」

「あの小娘が殿下の側にいることが許せません！」

セーラが声を大にして叫ぶ。その声に眉を上げ、続けなさい、という意味を込めて紙をまた叩く。

「殿下の隣はリリアーヌ様のものです！　それを、あんな小娘が奪うなど許されるはずがありません！　殿下の隣にはリリアーヌ様が立つべきなのです」

なるほど、とリリアは頷いた。セーラにとってはリリアのための行動ということらしい。反吐《へど》が出る。

リリアは怒りを必死に抑えながら、ゆっくりと視線を上げた。睨み付けられたセーラがひっと短く悲鳴を漏らした。

「言いたいことは分かったわ」

そうして笑顔を浮かべる。それを見たセーラは安堵のため息をついて笑顔になった。

「分かっていただけたようで何よりです。これはすべてリリアーヌ様の……」

「セーラ。今すぐ私の視界から消えなさい」

セーラの表情が凍り付く。リリアがため息をつきつつゆっくりと立ち上がり、リリアを囲む三人を順番に睨み付けた。誰もが顔を青ざめさせていた。この三人だけではなく、教室にいる誰もが体を震わせている。部屋の中央付近にいるクリスですら、頬を引きつらせていた。

——リリア。怖い。すごく怖い。なんか殺気が出てると言われても疑わない。

——そう。

——あ、だめだこれ。うん、まあ、やりすぎないようにね。

さくらの許可も下りた。もう何も気にする必要はないだろう。リリアは三人を順番に睨み付け、最後はセーラで視線を固定した。セーラは体を震わせ、何かを言おうと口をぱくぱくと動かしている。だが言葉にできていない以上、リリアにとってはどうでもいいことだ。

「仮にも上級貴族に数えられるヴァルディア伯爵家の者が、ずいぶんとくだらないことをするわね」

「そ、そんな……。私は、リリアーヌ様のために……」

「誰もそんなこと頼んでいないでしょう」

何を言っても無駄だろう、とリリアはため息をついた。自分たちが正しいと疑っていない。まるで以前の自分を見ているようで苛立ちが募る。リリアは、そろそろね、とつぶやき、視線だけを教室の扉へと向けた。

同時に扉が開かれ、教師が入ってくる。続けて王子の姿も。二人とも、教室の異様な雰囲気に戸惑っていた。

リリアはセーラに視線を戻し、

「いい機会だからはっきりと言っておくわ」

王子にまでしっかりと聞こえるように声を出す。王子と教師がこちらを見て、またお前か、と顔をしかめたのが視界の隅で確認できた。

「私はね、あの愚かな王子殿下にはもう何も興味がないのよ」

隠そうともしないその罵声にセーラが大きく目を見開き、王子も絶句して、しかしすぐに顔を赤くし始めた。

「だからあの馬鹿の隣に私がいる姿など、はっきり言って想像もしたくないわね」

王子の目が据わり、こちらへと歩いてくる。リリアはそれを確認して、セーラに笑顔を見せた。

「……っ」

セーラがその場に座り込み、王子が足を止める。リリアはセーラを見下ろすと、静かに告げた。

「貴方は、私の側にいらないわ」

リリアは視線を外し、王子を見据える。王子もリリアを睨み返してきた。

「貴様、黙って聞いていれば好き放題……」

「あら、何か間違っていましたか？」

王子の言葉を遮り、リリアは楽しそうにそう問いかける。王子がさらに何かを言おうとする前に、リリアは机に置いたままの紙を持って王子に差し出した。

「なんだこれは」

戸惑いながらも受け取り、紙に書かれた文章を読む。そしてすぐに、その表情が怒りに染まった。

「なんだこれは！」

王子が叫び、周囲を見回す。誰もが視線を逸らす中、リリアは楽しげに告げた。

「殿下。これはそこにいるセーラ・ヴァルディアが書いたものです。ティナが持っていたものを借りてきました」

「なんだと……」

王子に睨み付けられ、セーラは泣きそうな表情で助けを求めるように周囲に視線を送る。だが誰もその目を見ようとはしない。もうどうしようもないと分かっているからだ。

「あの者の処罰は殿下にお任せするとして……」

静まり返った教室にリリアの声が響く。王子ははっとしたように我に返ると、またリリアを睨み付けてきた。

「そうだ、貴様、先ほどの言葉はあまりにも……」

「撤回するつもりはありませんよ」

王子が言葉に詰まり唖然とする中、リリアは、だって、と続ける。

「本来なら貴方がティナを守らなければいけないのです。貴方が誰を好きになろうが知ったことではありませんが、貴方から好意を向けられると同時に周囲から敵意も向けられるのです。それをしっかりと理解なさってください」

「そんなはずは……」

王子の言葉は続かなかった。視線は手元の紙へ落ち、言葉を継げずにいる。リリアはあからさまなため息をつき、

「殿下。貴方は私を切り捨て、ティナを選んだのです。そんな貴方があの子を守らなくてどうするのですか」

王子が顔を上げる。何かを言おうとしているようだが、結局言葉にはなっていない。リリアは視線を逸らし、

「私から見ていると、やはり貴方は愚かな馬鹿王子ですよ」

そう冷たく言い捨てて、ゆっくりと歩いて教室を出て行った。


――暇になったね。

――そうね。

教室を出た後、リリアは校舎内を当てもなく歩いていた。歩きながら、教室での一幕を思い出し、またやってしまったと何度も後悔している。さくらは問題ないと笑っているが、どう考えても人から好かれる行動ではないだろう。今ならリリアにでも分かる。

――あの子はどうなるかな。

――セーラのことなら、まずこの学園にはいられないでしょう。追い出されるようなことはないでしょうけど、殿下を敵に回してしまった以上、誰も助けてはくれないでしょうから。

この話はすぐに広まるだろう。間違いなくセーラはいないものとして扱われるようになる。誰からも話しかけられず、相手にされず、孤独な学園生活を送ることになる。その後どうするかは本人次第だが、セーラの性格では学園から逃げることだろう。

――ねえ、リリア。これはあくまで提案なんだけどね。

――何よ。

――あの子、セーラだっけ。もらおうよ。

リリアが足を止め、怪訝そうに眉をひそめた。どうして、と問いかけると、

――何となく、かな。もともとリリアのためにと思ってのことだったんだし、その辺りをちゃんと教えてあげればきっといい子になるよ。

――追い詰めたのは私なのに？

――それは、まあ……。こうなるとやっぱりあれはやりすぎだったね……。でも、大丈夫じゃないかな。週末ぐらいに声をかければ、きっと縋《すが》ってくると思うよ。

どうにもリリアにとっては気にくわないやり方ではあるが、さくらを信じて従うことにした。リ

リア自身、あの三人とは学園に入学してからの付き合いなのだ。本人の自業自得とはいえ、ここで潰してしまうことに思うところがないわけでもない。本当に少し、欠片《かけら》ほどにだが助けてあげたいと思ったりしないでもない。

――うん。言わせて。どっちだよ、というかそんな希薄な感情なんだね……。

――正直に言うとどうでもいいというのが本音ね。

――それでこそリリアだよちくしょう。

先は長いなあ、と呟くさくらに首を傾げながら、リリアは行くところもないので図書室に向かった。

図書室のいつもの部屋で、レイに断りを入れて同じ部屋でさくらの講義を聞いていると、

「先日の夜会でリリアーヌ様が王子殿下と口論したそうですね」

ぽつりとレイが漏らした言葉にリリアは凍り付いてしまった。しかしすぐに何でもないかのように、読んでいるふりをするための本へと視線を落とした。冷静を装おうとしているが、隠しようもなく頬が引きつっている。幸いレイは教材を見ているためにそれには気づいていないらしい。

「ここに来るまでにもいろんな人がその噂話をしていました。王子殿下と婚約を解消したという噂も以前ありましたけど、事実みたいですね」

「そ、そうね……」

――リリア落ち着け！　声が震えているでごじゃる！

――そう言う貴方は口調がおかしいわよ。なにこの子、やっぱり私のことを知っていたの？

――ち、違うと思うよ。うん。違うんじゃないかな。多分、単純に話題の一つだと思うよ。

そっとレイの顔を窺い見る。レイは教材を睨み付けて唸っていた。

「レイ。その……。そのリリアーヌって人がどうかしたの？」

「え？　いえ、別に。王子殿下と口論できるなんてどんな人なのかな、と思っただけです。そう言えばリリアさんは上級貴族ですよね。リリアーヌ様に会ったことはあるんですか？」

――さくら。これどっちなの？　気づいてるの？　気づいてないの？

――ん……。多分、気づいてない。

――分かった……。さくらを信じるわ。

内心で深呼吸をし、こちらを見つめているレイの目を見つめ返す。レイはいつもの屈託のない笑顔だ。確かに何かを企んでいるようには見えない。

「一応知ってはいるわよ。ただ直接話したことはないけど」

――うん。嘘は言ってないね。

「そうですか。王子殿下と口論するぐらいですから、きっとすごく偉そうな人なんでしょうね」

「そ、そうかしらね……」

リリアの頬が引きつってしまう。なるほど、何も知らなければそのように思えてしまうのか、少しばかり動き方を考えるべきか、と思ったところで、

――あのね、リリア。よく知ってる方が偉そうという感想になると思うよ。

――それは……。気をつけるわ……。

「いずれお話ししてあげるわ」

下手な話をして余計なことを言ってしまう前にと話題を終わらせることにする。レイはそれに気づいているのかいないのか、

「本当ですか？　楽しみに待っていますね」

そう笑顔で言った。リリアは曖昧な笑みを浮かべ、視線を本の上に戻した。

それからしばらくは、何の変哲《へんてつ》もない毎日が続いた。あの日の翌日からリリアの取り巻きからセーラの姿は消えていたが、教室に来ていなかったわけではない。ただ、自分の席でおとなしくしているだけだった。

リリアが入ってきた当初こそ話しかけてきたが、リリアが無視していると諦めたのか自分の席に戻っている。その後も知人が入ってくるたびに話しかけていたが、誰からも相手にされていなかった。

それでも教室から逃げずに残っているのは、素直に賞賛できる。それが反省からくるのかは分からないが、彼女はしばらくは動けないだろう。

噂で聞いた話では、セーラは放課後に王子に呼び出されていたらしい。そこで根掘り葉掘り聞かれたことだろう。セーラにとっても、王子にとっても何かしらの薬になればいいとは思うが、さすがにそれは期待できないだろうというのがさくらの予想だ。

ちなみに、噂を聞きつけたティナにはとても苦い表情をされた。だがリリアに対して何かを言うでもなく、最後には苦笑いで、ありがとう、と言ってくれている。

週末もその様子は変わらなかった。セーラは自分の席で、うつむいておとなしくしている。

――ねえ、リリア。

頭の中に響くさくらの声に、リリアは意識を傾けた。

――セーラ以外の五人はいいの？

さくらが言っているのは、ティナに不愉快な手紙を送りつけた残りの五人だ。これは密偵たちの捜査により犯人は分かっている。だがリリアはその五人にはいっさい手を出していなかった。

――必要ないわよ。セーラが見せしめになってくれたから、これ以上嫌がらせをするような愚かな人はいないでしょう。まあ、一時的なものでしょうけど。

――ふうん……。それならいいよ。

そこまで話したところで、教室に教師と王子が入ってきた。いつものように教卓と席につき、授業が始まる。当然リリアは、

――今日は科学だー！

――はいはい。

さくらの講義を受けるために、すべての話を聞き流し始めた。

午前の授業が終わり、昼食を済ませ、午後は図書室で過ごす。そのいつもの一日が終わった後、リリアは自室に戻らずに教室に向かった。

ちょうど授業が終わったところのようで、教師が教室から出てくる。リリアの姿を認めると、ぎょっとしたように目を剥いた。

「先生、それは少しばかり失礼ではありませんか？」

「あ、ああ……。すまない。戻ってくるとは思わなくてな……。だがな、アルディス。失礼と言うなら、授業をまともに聞いていないお前には言われたくないぞ？」

「あら。気づいていたのですか。申し訳ありません」

「改める気がないというのはよく分かった。まあ、成績がいい間は、これ以上は言わないさ」

教師はそこで会話を終わらせると、そのまま廊下の奥へと姿を消した。それを見送ったリリアは少しだけ感心したような表情をしていた。

——あの先生、気づいていたんだね。リリアがまったく授業を聞いていないことに。

——気づかれるとは思わなかったわ……。意外と見られているものね。もう少し気をつけないと。

せめてもう少し有意義な授業なら、と思うが、さくらの講義と比べるのは酷というものだろう。

リリアはため息をつくと、教室の扉を開けた。

雑談をしていたのか教室の中は騒がしかったが、リリアが入ったとたんに静かになった。何も気にしなくていいのに、と思いながら教室をぐるりと見回す。誰もがリリアから視線を逸らしていた。

不思議に思いながらも、目的の人物を、セーラを探す。そしてそれはすぐに見つかった。

セーラは自分の席に座ったままだった。うつむいているため表情は見えない。そしてそのセーラの周囲には、クリスたちが立っていた。リリアの取り巻き残り二人の姿もある。それを見ただけで、彼女たちが何をしていたのか想像できた。

——馬鹿王子は何をしているのよ。

——この部屋にはいないね。まあふらっといなくなる人だし、仕方ないんじゃないかな。

——仮にも王子というわけね。城から呼び出しでも受けているのかしら。そんなことより……。

リリアがクリスたちを見ると、誰もが気まずそうに視線を逸らした。やれやれと首を振り、そちらへと歩いて行く。

――リリア。助けてあげてね。

――分かっているわよ。

リリアは短く返事をして、クリスたちの前に立った。

「これは……何をしているの？」

リリアの問いに、誰もが何も答えない。クリスですら気まずそうに視線をよそに向けている。リリアの取り巻き二人を見てみれば、体を小さくして震えだした。

「貴方には関係ないでしょう」

無言に耐えられなかったのか、クリスが言う。リリアはクリスを一瞥すると、そうねと頷いた。

「だから私が何をしても、それも貴方には関係がないわね」

「は……？」

クリスが首を傾げる中、リリアはセーラの前に立った。そして呼びかける。

「セーラ」

「…………」

「セーラ・ヴァルディア」

フルネームで呼ぶと、セーラがびくりと体を震わせた。恐る恐るといった様子でリリアの顔を窺ってくる。リリアは無表情に、冷徹にセーラを見下ろした。

「話があるわ。ついてきなさい」

「え……。あの、どこへ……？」

怯えたような目でそう問いかけてくる。リリアは少しばかり苛立ちを覚え、

「どこへだっていいでしょう。いいから来なさい」

「は、はい……！」

リリアの冷たい言葉に、セーラは勢いよく立ち上がった。歩き始めるリリアを、セーラが追いかけてくる。

「それでは皆様、ごきげんよう」

最後に笑顔でそう言うと、教室にいる誰もが頬を引きつらせていた。


リリアはセーラを伴って、寮の自室に戻ってきていた。椅子に座り、テーブルを挟んだ対面にはセーラが座っている。目の前には温かい紅茶で満たされたカップが置かれている。先ほどアリサが用意してくれたものだ。

テーブルの中央には、南側で買えるどら焼き。紅茶には合わないが、さくらが食べたいとうるさいので出してもらった。ちなみにこれは昨日、部屋に遊びに来たティナが持ってきたものだ。

リリアはどら焼きを一つ手に取ると、口に入れた。そしてセーラにも手で示して勧める。セーラは戸惑いながらも一つ手に取り、口に入れた。

「……っ！　美味しい、ですね……」

「そうでしょう。南側の街のお菓子よ。最近のお気に入りなのよ」

南側、と聞いてセーラが目を丸くした。それほど意外なのかと苦笑するが、自分自身他の上級貴

族の誰かが南側の菓子を食べていれば同じ反応をするだろう。

「さてと、セーラ。そろそろ本題に入りましょうか」

リリアがそう切り出すと、セーラが静かに目を閉じ、はいと頷いた。背筋を伸ばし、真っ直ぐにリリアの目を見つめてくる。

「セーラ。貴方はこの後、どうするつもりなの？」

「実家に帰ろうと思っています」

予想通りの答えだった。

「リリアーヌ様には最後までご迷惑をおかけしてしまい、申し訳ございませんでした」

深く頭を下げてくる。リリアはそれを見つめ、そして鼻で笑った。

「つまりは逃げるということね。情けない」

「貴方が……それを言うのですか……」

セーラの目が細められ、しかしすぐにはっとしたように我に返り、また頭を下げてきた。いい加減それはいいと思うのだが、好きなようにさせておく。

「失言でした。申し訳ありません」

失言、だったとは言うが、今のはセーラの本音だろう。セーラを追い詰めたのは間違いなくリリアだ。それに、リリアには一度、王子から逃げたという事実もある。それらを踏まえての言葉だろう。だがリリアはそれを完全に聞き流した。自分のことは棚に上げて、セーラへと冷たく言う。

「たとえ誰が言おうと、貴方が逃げるという選択をしたことに違いはないでしょう。それとも、また戻ってくるつもりなのかしら」

その問いには、セーラは力なく首を振った。そうだろうな、と思う。リリアは少しだけだがセーラを理解できる。リリアも逃げた一人であり、さくらがいなければ学園に戻ってくることはなかったはずだ。もっとも、さくらの話では学園に戻りはしたようだが。

「学園に留まるつもりはないの？」

「はい……。正直、耐えられません。この一週間でそれは理解しました……」

それもよく分かる。リリアは午前中しか見ていなかったが、あれほど徹底的にいないものとして扱われるのは相当こたえるものだろう。ある意味では嫌がらせをされるよりも辛いものかもしれない。

「ではセーラ。三つ目の選択肢を取るつもりはないかしら」

「三つ目、ですか？」

「そう。セーラ。貴方、私のものになりなさい」

意味が分からなかったのだろう、セーラが首を傾げる。

「別に私のメイドになれ、なんて言わないわ。ある意味ではこれまで通りよ。私の下につき、私に従いなさい。その間、貴方は私の庇護下に入る。悪い話ではないでしょう」

「それは……。私にとってはとてもいいお話ですが……。リリアーヌ様に何か利点があるのでしょうか。何も、殿下に敵と見なされている私を取り込む必要はないと思いますが。他の二人なら喜んで飛びつくでしょうし」

「そんなのはいらないわ」

セーラの頬がわずかに引きつった。今までセーラもその二人と共にいたのだから、いらないと言われるとは思わなかったのだろう。ある意味では、今までの学園生活を否定されたことになる。

もっとも、リリアを選んだのはこの三人なのでリリアが責められる筋合いはない話ではあるが。

「いつ裏切るかも分からないような者など必要ないわね。その点、貴方は私以外には頼る者がいなくなる。私を裏切ることができなくなる。これほど都合のいい駒はないでしょう」

不敵に笑うリリア。セーラは顔を青ざめさせるが、反論はしなかった。

「ですが、私は殿下に目をつけられていますよ」

「あら、それが何か問題なの？　あんな男、気にしなくてもいいわよ」

学園の外なら間違いなく不敬で罰せられる発言だ。セーラは目を瞠り、次いで苦笑した。

「今までのふるまいは殿下の気を引くためのものだと思っていましたが、本音だったのですね」

「殿下の気を引く？　私が？　冗談でも言わないで、虫唾《むしず》が走るわ」

「リリア様、さすがに言い過ぎです」

リリアの背後に控えていたアリサが、さすがに見かねたのか苦言を呈してきた。リリアは肩をすくめ、気をつけるわ、と返しておく。そのやり取りを、セーラは興味深そうに見つめていた。

「メイドとも親しげなのですね」

「別に親しくしてはいけない、なんて決まりはないでしょう」

「はい。そうですね」

セーラは少しだけ楽しそうに笑うと、すぐに真剣な表情になった。しっかりとリリアの目を見てくるセーラに、リリアも視線を返す。笑ったりはせず、真剣に聞く。

「リリアーヌ様、本当によろしいのですか？　私が言うのもおかしいことですが、今の私は毒にしかならないと思いますよ」

「私はそうは思わないわね。私が、私の下につきなさいと言っているのよ。さっさと決めて返事をよこしなさい」

少しばかり苛立ちを覚えて語気を強くすると、セーラはすぐに頭を下げてきた。それは謝罪のものであり、そして、

「よろしくお願い致します、リリアーヌ様」

「ええ。よろしく」

セーラの言葉に、リリアは満足そうに笑みを浮かべた。


紅茶を飲み終えて、アリサが二人分のカップを片付けていく。さて、とリリアは席を立った。

「ではセーラ。貴方にはまずやってもらわなければいけないことがあるわ」

セーラは少しだけ驚きながらも、しっかりと頷いた。少しだけ怯えた表情をしていることが気になるが、あえて無視する。

「ティナに謝りに行くわよ」

それを聞いたセーラが絶句し、そしてすぐに顔を青ざめさせる。貴族の、特に上級貴族の分かりやすい反応だ。何故自分が下の人間に頭を下げなければならないのか。そんなことを考えているのだろう。平民や下級貴族に頭を下げることを屈辱だと考えているはずだ。

「セーラ。先に言っておくわ」

「はい……」

「私の下につくのなら、下級貴族や平民を見下すような考えはやめなさい」

その言葉が意外だったのだろう、セーラは息を呑み、そして重々しく頷いた。

――リリアもがんばれ。

――分かってるわよ……。

リリア自身、それほど見下しているつもりはないのだが、周囲からはそう見られているらしい。

まだまだ努力が必要な部分だろう。

「それじゃあ、行くわよ。拒否は許さないから」

そう告げると、セーラは力なく立ち上がった。


二階のホールに足を踏み入れると、いつものことだが部屋中が静まり返った。しかし慣れ始めているのか、すぐにそれぞれの雑談に戻っていく。今回はセーラもいるのだが、リリアほどの驚きはないのか誰も気にも留めていない。

「リリアーヌ様がいらっしゃったというのに、挨拶もせず……！」

「セーラ。やめなさい」

「あ……。失礼、しました」

セーラは素直に頭を下げた。リリアはため息をつきつつ、ホールを横切る。少しだけ視線を感じるが、それだけだ。

すぐにティナの部屋の前にたどり着き、リリアは扉をノックした。

「り、リリアーヌ様……！」

「何よ。心の準備なんて必要ないでしょう。自分の非を認めて謝るだけなんだから」

「それは……そうですけど……」

セーラが口の中でもごもご何かを言っているが、リリアはいっさい気にしない。やがて扉が開き、ティナが顔を出した。リリアを見て笑顔になり、そしてセーラに気づいて首を傾げた。

「リリア。どうしたの？　その人は……？」

「セーラ・ヴァルディア。ヴァルディア伯爵家の人よ。ティナにくだらない手紙を送った一人ね」

そう告げると、ティナが目を見開き、まじまじとセーラのことを見つめる。セーラは気まずそうに視線を逸らしたが、リリアが軽く睨むとすぐに姿勢を正した。

「その……。ティナさん……」

「は、はい！」

ティナが大きく返事をして背筋を伸ばす。セーラはともかく、ティナは何を緊張しているのだろうか。ちなみにさくらはリリアの中で笑うのを堪えている。こちらはこちらで何がそんなにおかしいのか。

「先日はとても失礼なことをしてしまい、申し訳ありませんでした」

セーラが頭を下げると、ティナはどうしていいか分からずに狼狽してしまう。リリアは助け船を出す、というようなことはせず、静かに成り行きを見守る。

「その……。私は気にしていませんから、大丈夫です……」

「ありがとうございます」

ティナが絞り出した声に、セーラは頭を下げたままそう答えた。その後は無言の、気まずい時間が流れてしまう。助けを求めるようにティナがリリアを見てくるが、リリアはそれに気づかないふりをした。

「えっと……その……」

ティナは少し考え、そして、

「よければ……どうぞ」

二人を部屋へと招き入れた。

さすがに椅子が三つもあるはずもなく、ティナはセーラにはベッドを、リリアには勉強机の椅子を勧めてきた。ティナなりに気を遣ったのだろうが、リリアはそれを無視してセーラの隣に腰掛けた。今度はセーラが狼狽してしまうが、知ったことではない。

だがティナはさすがにかわいそうだと思ったのか、苦笑しつつも言った。

「リリア。セーラさんがすごい恐縮しちゃってるから、こっちに座ってよ」

「仕方ないわね……」

リリアが椅子に座ると、セーラは安堵のため息をついた。ティナはそれを見て笑っている。

「でも驚いたよ。まさか急に連れてくるなんて……」

「こういうことは本人に謝らせるべきでしょう。いずれ他の五人も連れてくるわ」

「いや、いいから。むしろやめて。すごい緊張するんだから……」

そういうものか、とリリアは不思議に思いながら、仕方ないと頷いた。

「それにしても、ここまでしなくてもよかったんだよ、リリア」

「私はやりたいようにやっただけよ。ティナが気にすることじゃないわ」

「もう……。リリアってやっぱり、なんだかんだ言って優しいよね」

ティナが苦笑しつつもそう言うと、隣に座っていたセーラが顔を上げた。勢いよく上げたために
ティナが驚いているが、セーラはそんなティナを見つめたまま、

「ティナさん……。貴方、分かっているわね……」

「え、え？　なにが？」

「リリアーヌ様がお優しいということよ！」

セーラが立ち上がり、叫ぶ。リリアが唖然とする中、ティナは口角を上げた。

「うん！　リリアって優しいよね！　どうして他の人は分からないのかな？」

「まったくもってその通り！　他の人の目は節穴《ふしあな》なのよ。私は誤解していたわ、ティナさん、貴方はリリアーヌ様をよく見ている。もっとお話ししましょう！」

「うんうん！　いいよいいよ！　いっぱいお話ししよう！」

何故だろう。急にリリアの話題で盛り上がり始めている。しかも当人の目の前で、だ。少しはリリアの気持ちを考えてほしい。さくらもリリアと同じように最初は唖然としていたのに、今は爆笑している。

――ちょっと、さくら。面倒なことになってない？　どうしてこの二人は私を美化しているの？

――あはは！　いいじゃない！　リリアは優しいんだから大目に見てあげようよ！

――この方面ではティナだけでも面倒くさいのに……。さらに増えているじゃないの……。

――むしろ話が合っちゃうせいで余計にたちが悪いね。化学反応を起こしちゃったよ、面倒くささが軽く三倍にはなってるよ。

さくらはこの状況をとても楽しんでいるようだ。リリアは大きくため息をつくと、天を仰いだ。

――さくら。どうにかして。

――愛されてるのはいいことだよ。がんばれリリア。あ、ファンクラブができたら一番の番号は上げないでね、私だから。

――冗談に思えなくなってきたわ……。

頭痛を堪えるようにこめかみを押さえ、リリアは重いため息をついた。


ティナの部屋から自室へと戻ってきたリリアは、寝室に入ると机に突っ伏した。

あの後もずっとティナとセーラによるリリア賛美は続いた。何があってあれほど評価されているのかまったくもって分からない。最初は恥ずかしくなっていたが、最後の方になると呆れることしかできなかった。

結局リリア自身はたいして話をすることもなく、セーラと共にティナの部屋を辞してきた。無駄な時間を使ったような気もするが、セーラはティナに対して好印象を抱いたようなので良しとする。それが謎《なぞ》のリリア賛美によるものなのが納得いかないところではあるが。

――途中経過はもう意味不明だったけれど……。これでいいのよね、さくら。

――うん。ばっちり。今週もお疲れ様でした、リリア。

――さくらもお疲れ様。ああ、本当に疲れたわ。特に最後でどっと疲れた……。

――あはは。まあ嫌われるよりはよっぽどいいよ。この調子でいこうね。

簡単に言ってくれるが、リリアの心労はかなりのものだとさくらは分かっているのだろうか。

言っても仕方がないので言わないが。

――さてさて、明日はお待ちかねの週末だね！　自習日だね！　お出かけしようよ！

――貴方は自習の言葉の意味が分かっているのかしら？

呆れつつも、リリア自身明日は出かけるつもりなのであまり強くは言えない。出かける先は決まっている。先週は夜会のためにあまり回れなかった南側の街巡りだ。今回はアリサたちにも事前に協力を要請している。特に反論されることなく、協力してくれることになっていた。

もっとも、やはり歓迎されているわけではないらしく、諦念《ていねん》が感じられる苦笑だったのだが。

――明日はゆっくり回れるね。リリア、私は苺大福が食べたいです。

――食べるのは私なのだけど……。

そんな会話を交わしながら、リリア自身も明日に期待を膨《ふく》らませていた。

翌日。アリサと共に自室を出て、前回着替えた教室と同じ場所に入った。手早く着替え、アリサに見送られてリリアは門へと向かう。やはり前回と同じく、いってらっしゃいませとにこやかに送り出された。

――今日はちょっと遠くまで行ってみようよ。

――いいけど、道は覚えておきなさいよ。私は食べることで忙しいから。

――開き直ってるね。でも了解だよ、道は任せて。その代わりに美味しいものを食べてね！

そうしてさくらと共に街を歩き始めた。美味しそうなものを見つけては、購入して食べていく。

前回と違い道順は決めていないので、目についたものを食べていっている。リリアは五軒目のところですでに帰り道が分からなくなっていたが、さくらに任せているので大丈夫だろう。

――ふわあ、さっきのはまずかったけど、これは美味しいね。幸せ……。

少し、いや本気で不安になってしまうが、大丈夫のはずだ。

その後も気ままに店を巡り、食べ歩きをしていく。さくらと共に美味しいと思えた店はしっかりと覚えておく。リリアの知らない味、知らないものが数多くあり、とても新鮮だった。

そのまま昼過ぎになり、そろそろ学園側へ向かって歩こうかと方向転換したところで、

――リリアストップ！

さくらの声が頭で響いた。わずかに顔をしかめながらも周囲に素早く視線を巡らせる。まさか誰か知人がいるのか、と思ってしまうが、リリアの知人でこんなところに来るのはティナぐらいのはずだ。

――誰かいるの？

――うん。ちょっと驚いた。

はっきりとしない言い方にリリアは眉をひそめながら、念のために近くの店に入る。その入口から通りを見ていると、見知った人影が目に入ってきた。大勢の兵士を引き連れた一人の少年が。

「殿下！」

周囲から驚きと歓喜の声が聞こえてくる。リリアにとっては最も歓迎しない相手の一人だ。思わず頬を引きつらせながら、そっと店の奥へと逃げた。

――どうしてこんなところに殿下が来るのよ……。

――いやあ、さすがに私も驚いた。一番来ない人だと思ったけど……。でも、そうだね。王子だ

から来るのかな。

――何のために？

――視察、とか？　私も王家が何をしているのか詳しいわけじゃないから、明言はできないよ。

なるほど、とリリアは頷いた。確かにリリアも、王子があらゆるところを視察しているとは教わっている。だが南側も含むとは知らなかったし、あれほど物々しいものだとも思わなかった。

――うん。ちょっと物騒《ぶっそう》すぎる。

さくらも同じことを思ったのか、不思議そうな声音だった。

しばらく観察を続けていると、どこからか兵士が走ってきた。そして王子を含む何人かに何事かを報告し、それを聞いた一団が歩く向きを変える。リリアがいる店とは反対方向に歩いて行った。

安堵の吐息をつき、リリアはその店で小さな焼き菓子を一個だけ買って外に出た。

――人か物かは分からないけど、何かを探していたみたいだね。

――探しているもののために殿下自ら出てきたの？　いくら何でもそれは……。

ないだろう、と言いたいところだが、あの王子だ。本当に大事なものなら、自分の足で探していてもおかしくはない。それが何かは分からないが、少しだけ興味を覚える。だが、そこまでだ。関わろうとは思えない。

――気を取り直して！

――そうね。街巡りに戻りましょうか。さあ、次はどこに……。

「リリアさん？」

ぴたり、とリリアが動きを止めた。うそ、とさくらも絶句する。声のした方向、真後ろへとゆっくりと振り返る。

レイがそこにいた。

「リリアさん……ですよね？」

――さくら！　私はどうすればいいの！　確信しているみたいだから逃げるべきよね⁉

――うん。取り乱す人を見ると本当に逆に落ち着くものだね。えっとね、リリア。ここで逃げたら正解ですって言うようなものだから意味がないよ。

――じゃあどうすればいいのよ！

リリアの心は完全にパニックになっていた。公爵家の者がこんなところで買い物をしていた、など公《おおやけ》になれば家族に迷惑がかかる。赤の他人なら気にしないが、さすがに家族となると少しだが気にしてしまう。

――リリア。落ち着いて。はい、深呼吸。

さくらに促されるまま、リリアは深呼吸する。レイが不思議そうにそれを見ているが、今はそんなことは気にしていられない。

――リリア。落ち着いて。レイはリリアのことを、『リリアーヌ・アルディス』とは気づいてないよ。だからまだ、慌てるようなことじゃない。

さくらの言葉に、そう言えばと思い出す。本当かどうかは分からないが、レイはリリアのことをどこかの上級貴族としてしか認識していない。まだ最悪の事態でなかったことに胸を撫《な》で下《お》ろし、なら次はどうするのかとさくらに問うた。

――下手に誤魔化すよりも味方につけちゃおうよ。レイは賢い子だから、リリアの格好を見て何

となく察してくれてると思うよ。

——そう……。分かった。

リリアはレイに視線を戻すと、ひとまず落ち着くために咳払いをしてみた。それに反応したのか、レイが姿勢を正す。何故、と思うが気にしないことにして話を続ける。

「よく分かったわね、レイ」

「わあ！　やっぱりリリアさんだったんですね！　こんな所で会うなんて思わなかったので驚きました！」

レイが満面の笑顔を浮かべてくる。リリアに会えたことが嬉しいらしく、素直に喜びを顔に出してきた。リリアは先ほどまでどのように誤魔化そうかと考えていたために、少しばかり罪悪感を覚えてしまう。

「でも驚きました。リリアさんは上級貴族ですよね？　そういった方はこういった場所には来ないものと思っていましたから」

上級貴族、という言葉が聞こえたのだろう、周囲の一部の人がぎょっと目を剥いてレイを見ている。そしてその話し相手、リリアも。リリアが頬を引きつらせると、次の指示がさくらから届いた。

今すぐこの場所から連れ出せ、と。

リリアはすぐに頷き、レイの元まで歩くとその手を取った。驚くレイを無視して、リリアは足早に歩いて行った。

そうしてその場から離れ、建物と建物の間、薄暗い細い通りに入ると、リリアは一息ついた。

「あ、あの……」

レイの声に我に返った。そう言えば何も言わずにここまで連れてきてしまった、と。謝るために振り返ると、レイが申し訳なさそうにうつむいていた。

「ごめんなさい……。身分を隠しておきたかったんですよね……」

その言葉に、リリアはわずかに目を見開いた。先ほどのリリアの一連の動きでしっかりと察してくれたらしい。やはり頭はよく回るようだ。少なくともリリアが同じことをされれば、憤《いきどお》りから冷静ではいられなくなるだろう。

──いやそこはリリアと比べたらレイに失礼だよ。

──今の貴方の言葉がまさしく私に対してとても失礼だと思うのだけど。

──気のせい気のせい。

楽しげに笑うさくらにため息をつきつつ、リリアはレイに向き直った。レイは不安げにじっとリリアを見つめている。

「次から気をつけてくれればいいわ」

少しだけぶっきらぼうな言い方になってしまったが、レイは安心したのか、良かった、と微笑んだ。

「リリアさんはこちらには何をしに来たんですか？」

レイの問いに、リリアは言葉に詰まった。笑顔で首を傾げるレイからは悪意などまったく感じないが、それでも正直に答えていいものかどうか迷ってしまう。

──正直に答えてもいいと思うよ。この子なら多分大丈夫。

さくらの指示に従い、リリアは口を開いた。

「少し前に知り合いからお菓子を頂いたのよ。どら焼き、というお菓子だけど、聞いたことはある？」

「はい！　美味しいですよね。僕も好きです」

何故だろうか、レイの笑顔がとても眩しい。直視できずに目を逸らしてしまう。

――なんて悪意のない笑顔なんだ……。薄汚れた私たちの心には辛いものがあるね。

――薄汚れた、を認めたくないわね……。

そう言いつつも、強く否定はしない、というよりはできない。

「あ、なるほど！　だから自分でも買いに来たんですね。もっと食べたいから。リリアさんって意外と食い意地が……」

がしりと。右手でレイの頭をわしづかみにした。完全に凍り付いたレイへと、リリアは『笑顔』で問いかける。

「ごめんなさいね。よく聞き取れなかったわ。なんて言おうとしたのかしら？」

「あの、その……。ま、また食べたくなる味ですよね！　よく分かります！」

あはは、とレイが引きつり気味に笑い、おほほとリリアは貼り付けた笑顔で笑った。

――怖いよ。

――うるさいわね。誰のせいだと思ってるのよ。食い意地が張ってるのは間違いなく貴方でしょうが。

――うぐう……。反論できない……。

黙り込んださくらにひとまず満足し、リリアはレイの頭を放した。解放されたレイは二、三歩後ろに下がり、リリアを警戒するようにじっと見つめてきていた。その瞳はわずかに濡れているような気さえする。少しやりすぎただろうか。

「ごめんなさいね。でもレイ、女性に対して言っていいことと悪いことがあるのは覚えておきなさいね」

――いやあそこまで怒るのはリリアぐらい……。

――反省の色がないわね……。

――ひい！　ごめんなさい！

さくらの言葉に思わず眉根を寄せていると、それを自分に向けられたものだと勘違いしたのか、レイが勢いよく頭を下げてきた。驚くリリアの前で、レイが言う。

「ごめんなさい！　確かに女性の方に対する言葉ではありませんでした。以後、気をつけます」

「え、ええ……。分かればいいのよ。うん……」

――かわいそうに。トラウマになるよ。

――……………。

――ごめんなさい。

小さくため息をつき、気を取り直して再びレイに視線を投げる。レイは直立で姿勢を正していた。それほど怒るつもりもなかったので少しばかり申し訳ないと思ってしまう。

「それで？　レイは何をしにここに来ていたの？」

「お買い物ですよ。いろいろとおもしろいものがあったりするので、あちこちを見て回っています。あと、ついでに買い食いもですね」

「人のこと言えないじゃない」

「はい。僕は食べることが大好きです」

清々《すがすが》しいまでの開き直りだ。悪いとは思っていないかもしれないので開き直りとはまた違うかもしれないが。ためらいもなく言えるレイが少しだけ羨ましく思えてしまう。

「そうだ。せっかくだから一緒に行きませんか？　おすすめのお店があるんですよ」

おすすめ、と聞いて少しばかり興味を持ってしまう。アイラのおすすめの店を巡った時はそれなりに満足できた。レイのおすすめにも興味はあるが、このまま共に行動していいものだろうか。

――リリア。まだお腹減ってるの？　結構食べてなかった？

――まあ……。正直、余裕があるとは言えないけれど。

――太るよ。

――……っ！

そう言えば。最近、どことは言わないが、太くなったような。そんな気は確かにする。だからこそさくらの言葉には真実味がある。気にしない貴族令嬢ももちろんいるが、リリアは自分の外見にはそれなりに気を遣っている方だ。太る、と聞くと一気に食欲が減じてしまう。

残念そうにため息をつくと、リリアは首を振った。

「ごめんなさいね。もうそろそろ私は帰らないといけないのよ。あまり遅くなると心配されてしまうから」

「そうなんですか……。残念です。それじゃあ、また次の機会にしますね」

リリアと行くことを諦めることはしないらしい。リリア自身、別に嫌というわけではないので、素直に頷いておいた。

「ええ。分かったわ。機会があればね」

「はい！　約束ですよ！」

そう屈託なく笑うレイにリリアも微笑を返した。

表の通りまで二人で歩き、さて、とリリアは学園への道へと足を向けた。

「私は帰るけど、レイはまだしばらく回るのかしら？」

「はい。今日はありがとうございました」

頭を下げてくるレイに、まだ何もしていないのにと苦笑してしまう。レイも照れくさそうに笑って、リリアとは反対方向に行こうとして、

「あ、そうだ。リリアさん」

「なに？」

「先ほど、殿下がいらっしゃっていましたよね。どちらに向かわれました？」

そんなことに興味があるのか、と意外に思いつつ、リリアは学園への道を示した。あの時の王子の進行方向から、おそらくはこちらで正しいはずだ。一応そうも伝えると、大丈夫でしょう、とレイは一言でリリアを信じてしまった。

「では、ありがとうございました！」

そう言って、レイは走って行った。

学園とは反対方向へ。

――あれ？　てっきり王子を見に行くのかなと思ったんだけど。

――私もそう思ったけど。違うようね。

――どうして聞いたんだろうね。もしかして、王子たちが探しているのがレイだったりして！

――まったくもって繋がりが浮かばないわよ。

――王様の隠し子とか。

――堂々と探してどうするのよ。

呆れたようにため息をつくと、だよね、とさくらは笑った。リリアもレイの行動に少しばかり疑問を覚えるが、今は答えが出るはずのないものだ。考えても無駄なことだろう。リリアはレイが走って行った通りから視線を外すと、学園へと歩き始めた。

学園に戻ったリリアは、アリサや密偵たちに苺大福をお礼に渡し、その後は勉強をして過ごした。自分で買ってきたお菓子を食べながら勉強していたのだが、さくらは咎めるようなことはせず、むしろ終始上機嫌で講義を続けていた。

翌日の休日も、リリアは勉強に費やした。自習日となっている日に遊びに行ったのだから、代わりに休日は勉強しなければならない。これはさくらの言葉だったが、リリアも同意できたので食事時以外はずっと寝室で勉強をしている。

そして夕食時になって、

「リリア様。お客様です」

アリサの声に、リリアはペンを置いた。何となく予想はついている。夜会の件があるのだからおとなしくしていればいいのに、とは思わなくもないが、少しばかり嬉しく感じている自分がいるのもまた事実だ。

アリサを下がらせ、リリア自ら部屋の扉を開ける。そして、

「こんばんは！　ご飯行こうよ、リリア！」

「こ、こんばんは……」

ティナの他に、居心地悪そうにしているアイラとケイティンの姿があった。そしてさらにその隣には、

「何よ。見ないでくださる？」

クリスもいた。考えたこともない組み合わせにどういう状況だと困惑してしまう。そしてすぐにさくらから告げられた予想に納得した。

「なるほどね。ティナさんだけならともかく、アイラさんとケイティンさんはここまで来られるはずがないわね。間違いなく誰かに呼び止められる。今回はクリスさんが声をかけて、仕方なく一緒に来てくれたと。ありがとうございます、クリスさん」

笑顔を浮かべてクリスに礼を言うと、クリスは動揺を隠せずに狼狽え始めた。

「たまたま会っただけです！　この三人は貴方に会いたいと言うから、ここまで連れてきただけです。それだけですよ」

「ここに来るまでに、次はどこかで待ち合わせするように勧めてくれました。下級貴族が大勢ここに来るのは目立つからと」

「余計なことは言わないでほしいですね、ティナさん！」

クリスが顔を真っ赤にして叫ぶと、ティナたちは楽しそうに笑いながら、すみません、と頭を下

げた。まったく、とリリアへと視線を戻す。

「リリアーヌ様。下々の者にはもう少し毅然《きぜん》とした態度を取るべきかと思いますが」

クリスが言って、リリアは微笑んだ。

「心配していただきありがとうございます」

「な……！　心配なんか……！」

「ですがこの三人は私の友人です。友人には対等に接するべきでしょう？」

友人、と聞いたクリスがわずかに驚きを顔に出し、次いで小さくため息をついた。分かりました、と頷き、

「ですが、せめてどこか別の場所で集まることをお勧め致します。あまりに悪目立ちがすぎますよ。よからぬ噂が立つかもしれません」

「あら、その心配こそ無用でしょう。そんな噂を流した者など、潰せばいいだけですから」

楽しげなその言葉に、クリスのみならずティナたちも頬を引きつらせた。リリアなら本当に実行することが分かっているためだろう。クリスはやれやれと首を振ると、それでは、と頭を下げてきた。

「それだけ分かっているのでしたら私からは何も言うことはありません。失礼させていただきます」

「はい。ありがとうございました、クリスさん」

優雅に笑うリリアに苦笑を返し、クリスは踵を返して立ち去っていった。それを見送ってから、ティナが不思議そうに首を傾げた。

「噂だったけど、リリアとクリステル様は仲が悪いと聞いてたんだけど……」

「あら、そんなことはないわよ。幼馴染みだし」

――ええ⁉

――どうして貴方が驚くのよ。

――いや、私も普通に仲が悪いと思ってたから……。まさかとは思ったけど、幼馴染みなんて……。

知らなかった、と呆然と呟くさくら。驚いたのはさくらだけでなく、ティナたちもだ。基本的に彼らは上級貴族のクラスの内情を噂でしか知ることができない。その噂の中でも、リリアとクリスの不仲の噂はかなり信憑性《しんぴょうせい》が高いものだったはずだ。

だが、実際はそれほど険悪な間柄ではない。現在は学校があるために付き合いは少なくなったが、それまではお互いの屋敷でお茶を飲む程度の付き合いはあった。その時からお互いに辛辣《しんらつ》な言葉を投げ合っていたりしていたが、それは悪意があってのことではなく、お互いの悪いところを指摘しあっていただけだ。

もっとも、かなりきつい言い方をお互いにしていたがために、時折本気で喧嘩をしたり、周囲から誤解されることも多かったが、今でもまだ同じ付き合いが続いている、とリリアは思っている。

「ああ、そうそう。ご飯だったわね。行きましょうか」

リリアが思い出したように手を叩き、先を歩く。ティナたちも驚きから覚めないままではあったが、おとなしくついてきた。

「一応言っておくわ」

歩きながらリリアが口を開く。声を小さくして、しかし三人にはしっかり聞こえるように。

「今回のことで、クリスは貴方たちを私の友人として認識したはずよ。何かあった時に私がいなければ、クリスを頼りなさい。あの子はああ見えて面倒見がいいから」

――そうなの？

――そうよ。敵対した者には容赦はないけど、そうでない人には優しいわよ。だからあれだけ慕われているんだし。

――人は見かけによらないものだなあ……。

しみじみと呟くさくらにリリアは小さく首を傾げながら、食堂へと歩いて行った。


リリアが食堂に入ると、案の定部屋中が静まり返った。空気が緊張してくるが、しかし続いてティナたちが入ってくると自然とその緊張は霧散し、誰もが雑談を再開し始めた。リリアは不思議に思いつつも、先導を始めたティナたちの後に続く。

ふと食堂の隅で手が上がったのが見えた。ティナたちも気づいたようで、そちらへと足を向ける。そしてそこまで行ってみると、食事を終えた生徒たち六人ほどが席を離れるところだった。

「よければこの席をどうぞ」

男子生徒が笑顔で言う。唖然とするリリアの目の前で、ティナは、ありがとう、と礼を言って空いた席の一つに座った。悪いね、などと言いつつアイラたちも座る。

「それではリリアーヌ様、失礼いたします」

男子生徒たちがにこやかに頭を下げて離れていく。今までなかったその反応にリリアは目を丸くするばかりだ。

「なによこれ……？」

——うん。ティナたちのおかげかな。聞いてみれば？

どうやらさくらには見当がついているらしい。ティナへと視線を投げるが、彼女は、料理をもらってくる、とアイラと共にカウンターに向かってしまった。仕方なくケイティンへと視線を向けると、ケイティンはびくりと体を震わせた後、おずおずといった様子で椅子を引いた。

「あの……。とりあえず、どうぞ……」

「ええ……。失礼するわ」

そうして座らされたのは、気を遣ったのかティナの席の隣だった。それで、とケイティンをじっと見ると、ケイティンは困ったように眉尻を下げた。

「この一週間、ですけど……。ティナはリリアーヌ様のことばかり話していました」

「それは……。どういう風に……？」

「えっとですね……。リリアーヌ様は実はとても優しい人で、私にとても良くしてくれている、とか。友達になれて本当に良かった、とか。そんな話ですね」

「あの子は……また勝手なことを……」

それはティナに対してだけであり、他の者にまでするつもりはない。むしろ他の見知らぬ者がティナのような態度を取ってくれば、間違いなく叱責するだろう。

ケイティンは薄く苦笑すると、大丈夫です、と頷いた。

「皆さん分かっています。ティナに対してだけ特別なのだと。だからこそ、二人が過ごしやすいように手を回して、気持ちよく帰ってもらおうとしているんですよ」

――扱いが完全に猛獣のそれだね。触らぬ神に祟《たた》りなし。

――都合がいいとは言えるけど、気分がいいとは言えないわね。まあ利用させてもらいましょう。

リリア自身、今のところはティナとアリサを守ることができればそれでいい。はっきり言って他の者には何の興味もない。強《し》いて言えば、ティナが親友だと言うアイラとケイティンも庇護する対象だと思う程度か。

そこまで考えて、リリアは凍り付いた。突然動きを止めたリリアにケイティンは首を傾げるが、リリアは愛想笑いをして誤魔化すばかりだ。

――守りたい？　私が、ティナを？　メイドでもない、ティナを？　どうして？　友達、だから？

思考がぐるぐると回る。自分で自分の感情が理解できない。それはティナたちが戻ってくるまで続いていたが、料理を前にしてさくらが騒ぎ始めたので、その思考は中断せざるを得なくなってしまった。

リリアが料理を食べている間、さくらはその『味』を堪能していた。上級貴族用の食堂はともかく、こちら側の食堂は自分の生まれ故郷の料理と似ているものが多いため、とても懐かしく感じられる。

さくらは幸福感に浸りながら、先ほどのリリアの様子を思い出し、自然と笑みを浮かべていた。

当初はなかなか変わらない、変えることができないと思っていたが、どうやら少しずつ変わってきているらしい。リリアはティナとアリサを守るべき対象として見ている。自身のメイドで協力者であるアリサはともかく、ひとまず友達になっておいただけのティナも、だ。その変化を、素直に嬉しく思った。

これでいい。このままでいい。この調子でいい。

「んふふ」

さくらは楽しげに笑い、愉《たの》しげに嗤《わら》った。


翌日。リリアが教室の席につくと、いつもの取り巻き二人がやってきた。挨拶をしてくる二人にリリアも適当に返しておく。煩わしいと思うが、さすがに無視してはならない、とさくらに言われている。

続けてもう一人。セーラもリリアの元へとやってきた。

「おはようございます、リリアーヌ様」

他の二人がぎょっとして目を剥く。今更何を、とでも思っているのだろう。リリアはそれを横目で確認して、そしてセーラへと微笑んだ。

「ええ。おはよう、セーラ。とても良い朝ね」

二人が大きく目を見開き、絶句している。それはこの二人だけでなく、現在教室にいる全員が同じように驚いていた。

——みんな驚いてるね。うんうん、いいことだ！

——さくら。純粋に楽しんでいない？

——うん。このためだけにあの子をもらった。

——え……。

——ごめん。冗談だから本気にしないで。

さくらの言葉に耳を疑ったが、どうやら本気ではなかったようなのでひとまず安堵する。さて、とセーラへと視線をやると、他の二人の顔が自然と視界に入った。二人とも、説明を求めるようにリリアを見ている。その視線を受けたリリアは、しかし何も答えなかった。

セーラが昨日の夕食についての話題を振ってくる。リリアはそれに、淡々と返事をしていく。一見不機嫌そうに見えるリリアの態度だが、返事をしないことも多いことを考えると、実は良い方だろう。少なくとも教室にいる者はそう判断し、そして理解した。リリアはセーラが側にいることを許したのだ、と。

「あらあら、リリアーヌ様。どうしてそこの方とお話ししているのかしら？」

クリスが取り巻きを引き連れて、笑顔でリリアの元へとやってくる。リリアはそれに、笑顔を見せた。

「この子は私がもらったのです。何か不都合でもありますか？」

クリスが目を細め、何かを探るような目を向けてきた。リリアはその視線を真っ直ぐに受け止める。やがて何かを察したのか、クリスは笑顔で頷いた。

「いいえ、何も文句などありませんわ。ですが、お気をつけくださいね」

そのセーラの存在からお前を追い詰めるぞ、と普通なら捉《とら》えるだろう。教室にいる誰もがそう思っているようで、クリスの取り巻きなどは嫌らしい笑顔を浮かべている。セーラも蒼白になっていた。

「ええ。ご忠告ありがとう。気にしておくわ」

クリスが言いたいことは、実際は言葉通りの意味だ。周囲の者に責められないように気をつけろ。ただそれだけである。リリアがしっかりと頷くのを見て、クリスも満足そうに頷くと、自分の席に戻っていった。

――見方が変わると、言葉の意味合いが全然違って聞こえるね……。堂々と仲良くすればいいのに。

――貴族社会には色々とあるのよ。

リリアの返答に、さくらは、ふうんと興味なさげな相づちをうった。リリアは内心でため息をつきつつ、セーラへと視線を戻す。かわいそうなほどに狼狽えていた。

「あ、あの、リリア様……」

「大丈夫よ。気にしなくていいわ。それよりもうすぐ授業だから席に戻りなさい」

「は、はい……」

セーラはまだ不安そうにしていたが、おとなしく自分の席に戻って行った。他の二人も首を傾げながらも席に戻っていく。

——あの二人が何か言ってくるかなと思ってたんだけど、何もなかったね。

——別に言ってきても良かったのだけど。

むしろそちらの方が好都合だったと言える。心おきなく潰す口実ができるのだから。それを聞いたさくらは、だめだこれ、とため息をついていた。

教室の扉が開き、教師と王子が入ってくる。リリアとセーラの一件からかどうにも妙な空気になっており、二人揃って怪訝そうにしていたが、すぐに王子は席につき、教師は教卓の前に立った。

さて、と教師が声を出し、リリアはいつも通りにさくらの講義に耳を傾けた。


午前の授業が終われば、この場所に用はない。リリアは教師の終了の宣言を聞くと、すぐに教室を後にした。セーラのことが不安ではあるが、あまり過保護になっていても仕方がないだろう。

食堂でサンドイッチを受け取る。料理人たちも慣れたもので、リリアが来る時間には作りたてのサンドイッチが用意されている。それをリリアに渡してくる彼らの表情は、いつもどこか楽しげだった。

——今日の具材は何かな。

サンドイッチを受け取った後、さくらはいつも楽しそうにしている。毎日サンドイッチを食べるリリアに気を遣っているのか、こちらが何も言わなくてもサンドイッチの具材は毎日違うものを用意してくれている。さくらはいつもそれが楽しみで仕方がないらしい。

リリアとしては簡単に食べられれば何でもいいと思っているので、さほど気にしない問題だ。だがさくらにとっては重要なようで、料理人たちを絶賛していたほどだ。

いつものように図書室の部屋で食事を済ませ、レイに勉強を教えていると、何気なくレイが口を開いた。

「そう言えば来週から試験ですけど、リリアさんはご自身の勉強はよろしいのですか？」

「え？」

この学園は、一年を二つに分けて、前学期と後学期としている。各学期に学力を調べるための試験が三回あり、そろそろ試験の知らせがくるだろう、とは思っていた。だがまさか、来週からとは思っていなかったが。

「あれ？　リリアさん、もしかして気づいていませんでした……？」

「………………」

リリアは静かに椅子に座り、ゆっくりと息を吐いた。そして、心の中で静かに問うた。

――さくら。どういうことよ。

――ひぃ！　怖いよリリア！　どういうことも何も、先生はちゃんと言ってたよ！

――は？　いつ？

――先週の頭ぐらい。リリアは私のお話ばかり聞いていたから、無視してたと思う。

リリアのこめかみがわずかに動く。リリアの不機嫌を察したのか、レイはそっとリリアから距離を取った。

――つまり、貴方は聞いていたということね？

――うん。もちろん。

――どうして私には教えてくれなかったのかしら……？

心の中で問いかけていたのだが、いつの間にか表情そのものも動き、冷たい笑顔になっていた。かわいそうなレイが部屋の隅で震えるが、リリアはそれには気づかない。

──待って！　待ってリリア！　違うんだよ！　決して言うのを忘れてたとか、まあどうせリリアだし別にいっか、とかそんなこと思ってないから！

──いい度胸ね……。

──うん。というよりリリア。本当に必要あるの？

唐突《とうとつ》に真面目な雰囲気になり、リリアは眉をひそめた。どうやらさくらは、本当に教える必要性はないと思っているらしい。理由を聞くと、

──今のリリアなら放っておいても大丈夫だよ。それよりも目先の問題を片付けてほしかったから。

どうやらさくらは考えた上でリリアに伝えないことにしていたようだった。それならリリアも何も言う必要はないだろう。さくらが問題ないと判断したのなら、リリアはそれを信じるだけだ。

──でもせめて一言ぐらい言ってほしかったわね。

──あー……。うん。それはごめん。次からはちゃんと言うね。

リリアは小さく嘆息すると、視線をレイの方に向けて、

「何をしているの？」

「あ、あはは……」

レイの表情が青ざめていたのだが、リリアはその理由に思い至ることができなかった。リリアは首を傾げながらも、レイに戻ってくるようにと言って、戻ってきたレイに、

「それじゃあ、試験に備えましょう。分からないところがあればそこを優先するから言いなさい」

リリアの言葉に目を丸くした。

「あ、あの……。リリアさんはいいのですか？」

「私は部屋に戻ってから勉強するから気にしなくていいわよ。遠慮もしなくていいから」

レイは少し申し訳なさそうにしていたが、それでも素直に分からない場所を提示してきた。リリアはそれに少し満足そうに頷くと、いつものように解説を始める。

そんなリリアをレイがじっと見ていたことにさくらだけは気づいていたが、あえて何も言わなかった。


夕食を済ませて自室に戻ったリリアは、少しぐらいは試験のための勉強をしようかと教材などを置いている寝室に向かおうとして、

「リリア様、お客様です」

アリサの声に足を止めた。

「もしかして……。ティナ？」

「はい」

まさか夕食の誘いだろうか。そうだとすれば、すでにリリアは食べ終わっている。もう一食食べられないこともないが、無理してまで食べたいとは思わない。そんなことを考えながらティナを迎えると、

「リリア……。勉強教えて……」

切実そうなティナの声にリリアは一瞬呆けて、そして小さくため息をついた。

「いいわよ。アリサ」

「紅茶ですね。ご用意致します」

アリサは優しげな笑みを浮かべながら丁寧に頭を下げ、紅茶の準備を始めてくれる。リリアは満足そうに頷くと、ティナを連れてテーブルに向かった。机を軽く叩くと、ティナが申し訳なさそうに持参していた教材を置いた。

「それで？　どこが分からないの？」

「うん……。まずはここかな……。あとは……」

ティナの苦手としている分野を覚えていく。そうしている間に、さくらの声が頭に響いた。

——そうだ。リリア、一つ予言してもいい？

——唐突ね。いいわよ、聞きましょう。

——ではでは。今後、リリアはここで勉強会を開くことになるでしょう。そして皆から先生と呼ばれるようになるでしょう。

リリアは驚きで目を瞠ったが、すぐに気が付いた。さくらの声が真面目なものではなく、少しばかり何かを堪えるように震えていることに。

——さくら。それは本当に予言？

——あ、ばれた？　私の希望かな。だってその方が面白そう……じゃなくて、リリアのためになるかなって！

——待ちなさい。今、面白そう、と言ったわね？

――そんな事実は知らないよ！　濡《ぬ》れ衣《ぎぬ》だー！

――言ったわね？

――言いました。ごめんなさい。

リリアの声が低くなると、さくらはすぐに認めて謝ってきた。まったく、と小さくため息をつきながらも、実際のところはいつものことなのでそれほど怒ってはいない。

「リリア？」

ティナの声にはっと我に返ると、曖昧に笑いながらティナが示す問題をのぞき込んだ。


しばらくの間ティナに勉強を教えていたのだが、ティナは基本的なことはだいたい分かるようだった。しかし応用になると分からなくなるようで、そういった問題が結構多く、一日では教え終えることができなかった、そのため仕方なく、明日からも通ってもらうことになった。

「ごめんね。リリアにも自分の勉強があるのに……」

「気にしなくていいわよ。私はそれほど問題ないから。そう言えば、殿下に教わればよかったのではないの？　殿下もお喜びになると思うのだけど」

ティナが王子のことをどう思っているか、これで確認できるだろう。そう思って発した問いだったのだが、

「え、やだ」

いっさいの躊躇《ちゅうちょ》のない即答だった。

――ぶふっ！　即答で拒絶されてる！　あ、はは、おなか、おなかいたい……！

――さくら。笑いすぎよ。私が我慢しているのだから我慢しなさい。

――く、くく……！　はーい。くくく……！

笑い出しそうになる衝動をリリアが必死に堪え、リリアはティナへと、不思議そうに見えるように表情を作った。

「理由を聞いてもいいかしら」

「だって！　ずっとリリアにひどいこと言ってるじゃない！　私だって怒るよ！」

――愛されてるね、リリア。

――どうしてこんなに持ち上げられているのかしらね……。

――さあ。どうしてだろうね。

さくらは楽しげに笑い、リリアは小さくため息をついた。憮然《ぶぜん》とした表情のまま紅茶を飲むティナに、リリアは笑顔を見せる。

「殿下のことは嫌いなの？」

ぴたり、とティナの動きが止まった。紅茶のカップをテーブルに置き、ティナは少し唸る。

「えっとね……。嫌い、というわけじゃない。むしろ、好き、なのかな……。でもリリアにあんなに冷たい態度を取っているのを見るのは、やっぱりやだな……」

――あと一歩なのにね。さすが馬鹿王子。

――見られていることを考えるべきね、あの馬鹿王子。

――それは無理だよ、だって馬鹿王子だよ。

――そうね。馬鹿王子に期待してはいけないわね。

これでもかと二人で罵倒する。もう少し考えればティナがどう思うか分かるだろうに、本当に何を考えているのか。もっとも、これにはリリアの今までの行動が原因となっているところもあるので、王子が全面的に悪いとも言えないわけだが。

「あまり私のことは気にしなくていいのよ、ティナ。ちゃんと自分の気持ちに正直になりなさい。それに、殿下は貴方のことを心配して言ってくれていることなのよ。殿下がどうしても私と会うことを快く思わないなら、こうしてこっそり会えばいいわけだしね」

「うん……。ありがとう、リリア。やっぱりリリアは優しいね」

そう言って微笑むティナ。リリアは少し恥ずかしくなり、目を逸らした。

――で、本音は？

――さっさとくっついて私の視界にあの馬鹿が入らないようにしてほしいのだけど。

――ついに王子とすら言わなくなったよこの子！

リリアは内心で笑いながら、しかし表情には出さずにカップをテーブルに置いた。ティナも飲み終えたのか、同じようにカップを置く。

「ごちそうさま。美味しかったです、アリサさん」

「ありがとうございます」

側に控えているアリサが丁寧に頭を下げる。ちなみにアリサは二人が勉強している間、ずっと直立のまま待っていた。リリアが紅茶のお代わりを要求するとすぐに淹《い》れてくれている。もう少し気楽にすればいいのに、と思ってしまうが、それを許さなかったのは以前のリリアなので触れないことにした。

「それじゃあ、行くね。ありがとう、リリア」

「気にしなくていいわ。また明日、続きをやりましょう」

「うん！　明日はどら焼き持ってくるね！」

笑顔でそう言って部屋を出て行く。それを見送ってから、

「リリア様が南側によく行っているとは夢にも思っていないのでしょうね……」

アリサがぽつりと呟いた言葉に、何故かとてつもなく罪悪感を覚えてしまった。


それからの毎日は、午前にさくらから講義を受け、午後はレイに、夜はティナに勉強を教える毎日が続いた。試験のための勉強をいっさいしていないのだが、大丈夫だろうかと少しだけ不安になっている。さくらに言ってみても、時間の無駄だよと取り合ってくれなかった。

週末はさすがに食べ歩きは自重しておいた。さくらは気にせずに行こうとうるさかったが、黙殺している。少しは自分の勉強をするべきだ。さすがに危機感を抱いている。

——むう。じゃあアリサからみっちりと魔法を教えてもらおう。不安要素があるとしたらその程度だよ。

反論しようかとも思ったが、リリアは素直に指示に従い、週末の自分の勉強はひたすらにアリサから魔法について教わることになった。


そして、当日。

——さくら。魔法以外をろくに勉強していないのだけど、本当に大丈夫？

――大丈夫！　私を信じて！　嘘をついたことなんてないでしょ？

――え？

――え？

そんな会話を教室で交わす。誰もが試験に備えて勉強している中、さくらとの会話で間抜け面《づら》をするリリアは少しばかり異質だった。

さくらとの会話を中断させて、周囲を確認する。紙をめくる音や何かを書き殴る音が響く。時折誰かが教室に入ってきて席につく、という例外の音もあるが、その生徒すらもすぐに勉強を始めてしまう。

――必死だね。

――悪い成績を取るわけにはいかないもの。

個人の成績が公表されるわけではない。だが当然ながら自分の点数と、そして学年での順位は分かるようになっている。それは両親にも見せることになる。貴族の、特に上級貴族の子の成績が悪いとなれば両親も黙ってはいてくれない。さらにこの成績は国の重鎮となれば自由に見ることができるものなので、当然ながら将来に響くことになる。

この国は親から仕事や領地を引き継ぐためには一定以上の能力が求められる。当然ながらその能力が認められず、資格なしと判断されれば別の者に奪われることになる。優遇はされても無条件で認められるわけではない、ということだ。

それらの理由から、誰もが必死に勉強をする。

――リリアも前は試験前に勉強したの？

――教室ではしなかったわね。それに、授業を聞いていればある程度は取れるものでしょう。

――いや、うん。ソウデスネ。

何故かさくらの声が最後は棒読みになっていた。リリアは不思議に思いながらも、触れるべきではないのかもしれないと聞かなかったことにする。

「あら、リリアーヌ様」

頭上からの声。視線を上げると、クリスが立っていた。今日ばかりは取り巻きを連れていない。彼女たちも勉強中だ。

「リリアーヌ様。勉強はよろしいのですか？　ああ、リリアーヌ様なら大丈夫ですわね」

小馬鹿にしたような、そんな笑い声を上げる。リリアは少しだけ苛立ちを覚えながらも、笑顔を返した。

「ええ。特に問題ありません」

堂々と見栄を張る。するとクリスはわずかに驚いたように目を開き、すぐに満足そうに小さく頷くと踵を返した。そのまま自分の席に座り、机の上に広げていた教材に目を落とした。

――もしかしてさっきのは……。リリアを心配してくれたの？

――そうでしょうね。

――分かりにくいよ！

さくらが叫ぶが、そんなことをリリアに言われても困るというものだ。

さらにしばらくして、教師と王子が教室に入ってきた。教師が抱えていたものを、紙の束を教卓に置くと、さて、と教室をゆっくりと見回した。

「もうすぐ時間だ。教材は片付けるように」

生徒たちが教材を片付けていく。全員が片付け終わったのを見計らい、教師がそれぞれの席に自ら大きな紙を二枚ずつ配り始めた。

この学園の試験は学期ごとに三回あるが、そのうちの最初の二回は科目が少ない。その代わりに、朝から昼まで通して一度にやってしまうことになっている。その日の午後のうちに教師たちが採点を済ませ、翌日の朝に発表されるという流れだ。

つまり。今リリアに配られたこの二枚の紙にすべての問題が書かれている、ということになる。

——がんばれリリア。ファイトだリリア。ふれーふれー！

——さくら。うるさいわよ。

——うん。邪魔しようとしてるから。

——なるほど。よく分かったわ。

——あ、ごめん嘘だよだからそんな頭のすみっこでちらっとピーマンを思い浮かべないで！

危機感を抱いたのか、泣きつくほどの勢いでさくらが謝罪をしてくる。リリアは苦笑して、分かったわと頷いた。

——静かにしておきなさいよ。

——あいあいさー。

なんだその返事は。リリアは首を傾げながらも、教師の合図と共に用紙をひっくり返し、問題に取りかかった。

どれほど時間が過ぎただろうか。未だ周囲からはかりかりと物を書く音が聞こえてくる。どうやらリリアが最も早く終えたらしい。リリアは三度目の見直しを終えたところで、つまらなさそうにため息をついた。

——あ、リリア。終わったの？

——ええ。もう十分よ。

——じゃあ出よう。できるだけ早く。

ぴくり、とリリアの眉が動く。少しだけ怪訝そうに眉をひそめ、問いかける。

——必要なことなのね？

——うん。

迷うことなく即答だった。リリアは頷き、手を挙げた。少しの間を置いて、教師の声が届く。

「ん？　どうしたアルディス。何か落としたのか？」

そう言ってこちらへと歩いてくる。教師が目の前まで来たところで、リリアは言った。

「終わったので退室しても構いませんか？　ここにいても退屈なだけですので」

周囲から音がなくなった。誰もがリリアを驚きに満ちた表情で凝視し、教師までもがぽかんと間抜けに口を開けていた。リリアが咳払いをするとすぐに我に返り、少しばかり困惑の色を見せる。

「本当にもういいのか？　まだ半分以上も時間が残っているが……」

そんなに残っていたのか、と内心で驚きながらも、リリアは笑顔で頷いた。

「はい。構いません。見直しもしっかりしましたから」

そう言い切ると、教師は疑わしそうに目を細め、リリアの答案を手に取った。そしてそれを見て、わずかに目を見開いた。

「どうかされましたか？」

「いや……。何でもない。分かった、退室を許可する。戻ってくることはできないが……まあこれなら問題はないな」

「ええ。もちろんです」

自信を込めて言い切るリリアに教師はわずかに笑い、リリアの答案を持って教卓へと戻っていった。リリアは少ない荷物を持って教室の出入り口へと向かう。囁き合う声が聞こえてくるが、気にするほどのものではない。

「それでは皆様、がんばってくださいね」

笑顔を見せてそう言って、教室の扉を閉めた。


自室に戻ったリリアはアリサに驚きを以て迎えられた。テーブルにはカップが二つ置かれている。どうやら誰かと紅茶を飲んでいたらしい。部屋を見回してみても誰もいないことから、相手は容易に想像がついた。

「密偵の子かしら？」

「はい。そうです」

素直に頷いたアリサに、リリアは機嫌良く頷いた。テーブルへ向かうと、アリサがすぐに紅茶を用意してくれる。

——密偵の子も呼ぼうよ。

——そうね。どこにいるの？

——天井。

お決まりね、と苦笑しつつ、リリアはテーブルを二度ほど叩いた。天井へと目を向け、言う。

「私と同じテーブルにつく許可をあげるわ。下りてきなさい」

そう言って、もう一度テーブルを叩く。天井の一部がずらされ、少女が顔を出した。

「あ、あの……。同じテーブルというのは恐れ多いので……」

リリアは何も言わずに、もう一度テーブルを叩く。そのとたん、少女はびくりと体を震わせ、今にも泣きそうに瞳を潤ませながら下りてきた。無言の圧力でも感じているのか、震えながらリリアの対面に座る。アリサは笑いを堪えながら、彼女の紅茶も用意した。

「何をそんなに怯えているの？」

「え、あ、いえ、その、あの、えっと……」

しどろもどろになってしまい、しっかりとした言葉が紡がれていない。リリアはしばらく待ってみたが、少女は余計に焦るばかりだったので諦めてため息をついた。

「この間はしっかり話せていたじゃないの」

「その……。あの時は、直接指示を受けていたわけではなかったので……」

「どう違うのよ……」

リリアはため息をつき、紅茶を飲んだ。満足げに頷き、次はアリサへとテーブルを叩く。失礼します、とアリサもテーブルについた。

「それで？　名前は？」

「シンシア、です」

「シンシアね。覚えたわ」

そう言うと、シンシアが怯えた目を向けてきた。なぜそこまで怯えるのかと疑問に思っていると、笑いを堪えているらしいさくらから声があった。

――わざわざ名前を覚えたって言われたら、何か処罰が待ってると思われても仕方がないよ。

――そうなの？　そんなつもりではなかったのだけど。

シンシアへと目を向ける。シンシアはリリアの顔色を窺うようにこちらを見ていた。

「シンシア。私が怖いの？」

「いえ、そんなことは……」

「ではしっかりと私の目を見なさい」

シンシアがおずおずといった様子でリリアの目を見てきた。リリアは満足そうに頷き、続いて指示を出す。

「覆面《ふくめん》を取りなさい」

「……っ！」

シンシアが息を呑み、目を泳がせた。その視線が天井へと何度かいっていることに気づき、リリアはそちらへと目を向ける。おそらく、男の密偵のどちらかがいるのだろう。

「構わないわね？」

リリアが天井へと問うが、返答はない。ならばそれは構わない、ということだ。リリアはそう結論づけて、シンシアへと促すようにテーブルを指で叩いた。

「うう……。分かりました……」

シンシアが覆面を取り、リリアのみならずアリサもわずかに目を見開いていた。

まだあどけなさが残る少女だ。おそらくはリリアよりも、もしかするとアリサよりも若い。髪は茶色で短く切りそろえられていた。

「へえ……」

リリアが興味深そうにつぶやき、シンシアは羞恥《しゅうち》からか頬を染めた。顔を隠すための覆面だと思っていたが、どうやら人前に顔をさらすことを恥ずかしいと思うようだ。

「貴方はお兄様に仕えているの？」

リリアが聞いて、シンシアは首を振った。

「私はまだ特定の主を持っていません。その、見習いとして、父上に同行しています」

なるほど、とリリアは頷き、アリサへと目を向ける。アリサは頷いて、

「十年に一人の天才と聞いています」

「へえ。素晴らしいわね」

シンシアへと視線を戻す。顔を真っ赤にしてうつむいていた。

――リリア。

――ええ。欲しいわね、この子。

年齢を考えると経験不足はあるだろう。しかし才能があるなら、ぜひとも手中に収めておきたい。

「シンシア。仕えたい主とかはいるの？」

兄に頼めば、リリアの要望を聞き入れてくれるかもしれない。だがそうして無理やり手に入れよ

うとは今は思えない。しっかりと、自分の意志でリリアに従ってくれる人材が欲しい。

「いえ、今は特には……」

「そう。なら私に仕えなさい」

――おもいっきり命令になってるよ！

――あら、失礼。

「間違えたわ。私に仕えない？」

リリアの言葉に、シンシアは目を丸くしていた。再び目を泳がせ、やはり天井へと何度も目をやる。だが誰もそれには応えない。シンシアはうつむいて、か細い声で言った。

「考えさせてください……」

「そう。分かったわ。急がないからじっくり考えなさい」

少しだけ残念に思うが、こればかりは仕方がない。リリアは紅茶を飲み干すと、ではごゆっくり、と寝室へと向かった。


昼過ぎに図書室に行ってみたが、レイはいないようだった。勉強を教えた身としてどうだったのか聞きたかっただけなので、少しだけ残念に思いながらも自室に戻った。

そして夜になって来客があった。寝室でさくらと共に勉強をしていたリリアはアリサに呼ばれ、出迎えに行く。扉を開けると、満面の笑顔のティナがいた。

「リリア！」

「わ……！」

リリアを認識すると、すぐにティナが抱きついてきた。リリアは少し慌てながらもしっかりと受け止め、ティナを睨み付ける。

「危ないじゃない。何をするのよ」

「えへへ。すごく嬉しくて！」

言葉通り、ティナは満面の笑顔でリリアを見つめてくる。抱きついたままの姿勢のためにとても顔が近い。リリアはわずかに頬を染めると、ティナを押しのけた。

「いいからとりあえず座りなさい。まったく……」

そう言ってテーブルにつかせる。すぐにアリサが紅茶を出してくれた。

「それで？　試験はどうだったの？」

聞かれたティナが笑顔を濃くする。それだけで答えは分かった。

「ばっちり！　リリアのおかげだよ。本当にありがとう！」

そう言って、今度はテーブルが間にあるためにさすがに抱きついてはこないが、テーブルに置かれていたリリアの手を取った。嬉しそうに笑っているティナを見ていると、リリアも少しばかり達成感を覚えることができた。

「そう。それなら良かったわ。ところで放してくれないかしら」

ティナはずっとリリアの手を握っている。放すどころが握る力がさらに強くなったような気がする。

「もうちょっと」

「何なのよ……」

リリアはため息をつくが、それほど悪い気はしないので強く言うことはしなかった。

――照れてるリリアが可愛い。

――照れてないわよ。

――えー。顔真っ赤だよ？　リリア可愛い！

――……。

どうやら何を言っても無駄らしい。リリアはため息をつくばかりだ。

――でも親友一号は私だからね！　誰にも譲らないからね！

――あら、私は貴方を親友だなんて思ってないけど。

――え……。と、友達、とか……。

――友達？　いやよ。

あえて感情を乗せずにそう言ってやると、さくらは完全に沈黙した。リリアがわずかに眉をひそめ、対面のティナが首を傾げた。

――私は……リリアを友達だと思ってるからね……。

――ちょっと、泣いてるの⁉　ああ、ごめんなさい、冗談よ！　私も友達だと思ってるから！

さくらの涙声にリリアは慌てて謝罪する。まさかこれほどまでに効果があるとは思わなかった。

――ぐす……。私はリリアのこと、好きだよ……。

――そう。私もさくらのことは好きよ。大切な友達だと思っているわ。

――えへへ。

どうやら機嫌を直してくれたらしい。機嫌よく笑い、そして、

――ところでリリア。

――何よ。

――リリアって単純だよね。

そして気づいた。さくらの猿芝居だと。

――さくら！

――あはははは！

さくらの笑い声に、仕方のないやつだ、とため息をつく。そしてふと顔を上げると、ティナがこちらをとても心配そうに見つめていた。思わず、リリアの頬が引きつってしまう。

――挙動不審だったね。何もしていないのに表情が変わっていくなんて。リリアこわい！

――誰のせいかしらね……？

――ごめんなさいやりすぎました。

リリアは、今度は内心でため息をつき、改めてティナに目を向けた。

「リリア。大丈夫？　もしかして疲れてる、よね……？　ごめんね、邪魔しちゃって」

「変な気を遣わなくてもいいわよ。疲れてないと言えば嘘になるけど、別にいつも通りよ」

疲れているのはさくらの相手をして、だ。日常生活で疲れているわけではない。

――さらっとひどい。

さくらの言葉は無視する。ティナは納得していないようだったが、おとなしく椅子に座り直した。

「今日は試験の報告だけ？」

「あ、うん。すごくお世話になったから報告はしないといけないと思って」

「そう。いい心がけね」

ティナから来なければ、明日にでも部屋を訪ねようと思っていた。まあどちらにしろ、明日は結果の発表もある。それも聞きたいのでやはり部屋を訪ねることになるのだが。

「今日はこの後みんなで南側の食堂に行くんだよ。ねえ、リリアも……」

「行けるわけがないでしょう」

ぴしゃりと言うと、そうだよね、とティナは眉尻を下げた。

試験が終わっての、打ち上げ、というものだろうか。リリアには縁のないものだったが、まさか誘われることになるとは思ってもみなかった。だが、さすがに不特定多数の人間と南側に行くわけにはいかない。おおっぴらに行くと問題しか起こらないだろう。

――面倒な世の中だね。

――ええ。本当に。

お土産《みやげ》を持ってくるね、と言うティナを送り出してから、リリアは寝室に戻った。


翌日。リリアが教室に行くと、誰もが不安そうな表情をしていた。それらの気持ちが今なら分かるリリアは、しかし表情にはおくびにも出さずに自分の席に座った。

「おはようございます、リリアーヌ様」

取り巻き三人が挨拶をしてくる。セーラも含め、やはり不安そうにしていた。

「おはよう。三人とも元気がないわね。勉強はしていたのでしょう？」

「もちろんしていましたけど……」

それでもやはり不安なものなのだろう。この成績によっては両親から叱責を受けるかもしれないのだから当然だ。家によってはわざわざ学校を休ませて呼び戻す親もいるらしい。学校を休んでしまうと本末転倒なような気もするのだが、リリアが気にすることでもない。

教室の中で普段通りなのはリリアともう一人、クリスだ。クリスは彼女の取り巻きに力強い言葉をかけている。

——リリア。あれがお手本。

——あれをするの？　私が？

——がんばれ！

リリアが三人を見る。三人が首を傾げ、リリアが小さくのどを鳴らした。そして、

「みんなおはよう、早速配るぞ」

時間よりも早く入ってきた教師に邪魔されて、結局何も言えなかった。セーラたちが自分の席へと戻っていく。

——むー……。

——ごめんなさい……。次は、がんばるわ……。

さくらの計画ではもしかすると必要なことだったのかもしれない。申し訳なく思い謝罪すると、さくらは、大丈夫、と笑ってくれた。

——私もいきなりできるとは思ってないよ。気にしないでね。

——ええ……。ありがとう。

いえいえ、とさくらはすでに気にする様子もなく、次はどうしようかなと考えを巡らせていた。

教師は朝の挨拶もそこそこに、それぞれの答案用紙と成績が書かれた紙を一人一人に手渡しで配り始めた。受け取った生徒が喜んだり落ち込んだりと、見ていて少しだけ面白く思える。

――ところでリリアの前の成績は？

――順位で言えば五番目よ。可もなく不可もなく、といったところね。

――いや十分すごいから！　不可じゃないから！

――これで成績が上がらなかったらさくらを信用できなくなるわね。

――今更そんなプレッシャーかけないでよ……。

もっと勉強してもらえばよかった、とさくらが沈んだ声を出す。実際のところ、たとえ前回より成績が下がったとしても、さくらを責めるつもりはない。さくらからは、普通に生きていればまず得られなかったであろう知識をもらっているのだから。

それに、おそらくだが。リリア自身、いっさい不安には思っていない。

「アルディス」

教師に呼ばれ、リリアは教卓の前に立った。

教師は手元の答案を見ながら何か難しい表情をしていたが、やがてリリアへと顔を向けると表情を綻《ほころ》ばせた。

「よくやった」

それは、心からの賛辞に聞こえた。答案と成績を受け取り、目を通す。

「……っ」

――おー！

リリアがわずかに息を呑み、さくらは嬉しそうな声を発した。リリアも人目がなければ大声で叫んでいたかもしれない。それほどまでに嬉しく思えた。今まで成績などどうでもいいと思っていたが、これは素直に嬉しく思えてしまう。

「アルディス」

再び教師に呼ばれ、リリアが顔を上げる。彼もとても嬉しそうな笑顔を浮かべていた。いや、これはどちらかというと、おかしそうな、だろうか。

「今日は授業はしない。試験の問題を一つずつ解説していくだけだ」

「はい。平常通りですね」

「そうだ。だから、な。必要ないだろうから、今日は帰ってもいいぞ」

何も知らなければ教師がリリアを追い出そうとしていると思うだろう。しかし教師の表情からそうではないとすぐに分かる。

「真っ直ぐに出てもいいからな？」

リリアの頬が緩みかけているのに気づいているのだろう。それ故におかしそうにしているのだと察して、リリアの笑顔がわずかに固まった。しかしすぐに、教師の気遣いに感謝して小さく頭を下げた。

「ではお言葉に甘えさせていただきます」

「ああ。気をつけてな」

見られないように、と教師の口が音を出さずに動き、リリアは頷いて教室を後にした。

リリアは真っ直ぐに自室に向かう。二日続いて主が早く戻ってきたことにアリサが大いに驚いていたが、それすらも無視してリリアは寝室に入った。鍵を締めて、さらにさくらが密偵などが潜んでいないことを保証して、そうして、

「……っ！」

リリアは必死に声を押し殺し、声なき叫びを上げた。歓喜の叫びを。

――さくら！

――うん！　すごいよリリア！　おめでとう！

――ありがとう。どうしよう、本当に嬉しい……。こんなに嬉しいのは初めてよ。

――あはは。大げさだね。でもリリアが嬉しそうで、私も嬉しい！

大げさに言っているわけでもなく、本当に心の底からそれほど嬉しいのだが、さくらはそれを表現の一つとして受け取ったようだ。しかしそれでも構わない。リリアの喜びが少しでも伝わっているのなら、それでいい。

――ありがとう、さくら。これもすべて貴方のおかげよ。本当にありがとう。

――あはは。それこそ大げさだよ。リリアががんばったからだよ！

――私だけだとまず無理よ。今までできていなかったんだから。

リリアは椅子に座ると、机に成績表を置いた。それを見ていると、自然と口角が上がってしまう。まさかこれほど嬉しいとは思わなかった。

――リリア。本当に嬉しそうだね。

――ええ。本当に嬉しいわ。

――ん……。じゃあ、そんなリリアに、ごほうび！

リリアが首を傾げる。ご褒美、と言うが、さくらに何ができるのだろうか。それ以前に、これはさくらがリリアに知識を与えてくれたからこそ取れた成績だ。褒美をもらうとすればさくらだろう。

――じゃあ私へのご褒美ってことで。リリア。お願いがあるんだけど。

――なにかしら？　何かを食べたいのならすぐに用意するわよ。

――うわーお、私の決心が揺らいじゃうよ！　でも違う、別のやつ！　でも後で苺大福が食べたいです！

――正直でよろしい。後で買いに行きましょう。それで？

――うん。リリア。お昼寝しよう。

は？　とリリアが思わず間抜けな声を出してしまう。しかしさくらから感じる雰囲気は真面目そのものだ。本当に、それが自分にしてほしいことらしい。何故、と疑問に思うが、さくらがそうしてほしいのなら従うだけだ。

――すぐに起きてもらうから着替えなくてもいいよ。

――分かったわ。

言われるままにベッドに横になる。目を閉じようとしたところで、

「あの、リリア様……。成績を報告してほしい、と頼まれておりまして……。よろしければ、教えていただいても……」

扉越しのアリサの声に、リリアは視線だけを向けた。目を閉じ、そして告げる。

「一位」

「え……？　ええ⁉　本当ですか⁉」

「本当よ。疲れたから少しだけ眠るわ。静かにしておいてね」

「は、はい！　おやすみなさい！」

アリサが大慌てで駆けていく足音が聞こえる。それほど驚くことか、と不思議に思いながらも、リリアはゆっくりと息を吐いた。

予想以上に疲れていたのだろうか。リリアはすぐに意識を手放した。


寝室の机にあるリリアの成績表。順位は一、点数は一つ減点されただけのものだ。減点されたものはさくらが教えられなかった魔法の科目である。


気が付けば、リリアは真っ暗な部屋にいた。正確には部屋かどうかも分からない。ただただ闇が広がる世界だ。リリアはしっかりと大地に足をついているのだが、その大地すら黒く、短く生えている草すらも黒い。ただただ黒一色の世界であり、違いは濃淡があるだけだ。

その黒の世界に、一つだけ場違いなものがあった。それが今、リリアの目の前にあるものだ。淡いピンク色の花を満開に咲かせた巨木。リリアは実物を見たことがないのだが、確か桜、という木だったはずだ。

咲き誇る桜を、リリアは陶然と見つめていた。今までこれほどまでに美しいものを見たことがあっただろうか。うっとりと眺めていると、

「綺麗でしょ？」

背後からの声に、リリアは勢いよく振り返った。

そこにいたのは一人の少女だった。年はリリアと同じか、もしくは少し下だろうか。リリアの服とは対照的な、黒を基調としたセーラー服だ。長い黒髪を首元でまとめている。その瞳もまた黒く、リリアはその目を吸い込まれるように見つめていた。

「あ、あまり見つめられると、照れちゃうんだけど……」

えへへ、と恥ずかしそうに笑う少女。その声と笑い方に思い当たるものがあり、リリアは自然と目を見開いていた。

「もしかして……。さくら？」

「おお！　だいせいかーい！　こうして直接会うのは初めて、だね。初めまして、リリア。私がさくらだよ」

花が咲いたような無邪気な笑顔。リリアも自然と頬が緩み、しかしすぐに首を傾げた。

「ここはどこ？」

「あー……。ちょっと説明が難しいんだけど……。簡単に言えばリリアの精神世界。心の中、だよ。さらに言えば心の中の片隅、かな。この場所だけ間借りさせてもらってます」

「そう。使用料を頂かないといけないわね」

「ええ！　い、いくらかな、あまり高いと困るんだけど……」

狼狽え始めるさくらを見て、リリアは苦笑してしまった。冗談よ、と言うと、そうだよねとさくらは安堵の吐息をついた。

「貴方にはお世話になっているもの。いくらでも使って構わないわ」

「本当？　じゃあ広さを倍、いや三倍に……」

「調子に乗らない」

額《ひたい》を小突くと、さくらは驚いたように目を丸くした。唖然と、リリアの顔を見つめてくる。そんな反応をされるとは思っておらず、リリアは首を傾げてしまった。

「どうしたのよ」

「ん……。何でもない。あはは……」

力なく笑うさくら。だがとても幸せそうな声音だった。リリアはしばらくその様子を見ていたが、やがて桜へと視線を戻した。

「この木は本当に綺麗ね。桜、という木だったわね？」

「うん。私と同じ名前で、私が一番好きな花。気に入ってもらえたかな」

「ええ。もしかしてこれを見せたかったの？」

桜に視線をやったまま聞くと、背後で頷く気配が伝わってきた。

「うん。どうしても見てほしかった。あとは、まあ……。自己紹介、かな」

「そう。確かに貴方と直接会うのは初めてだものね。そんな気がしないのだけど」

「いつも一緒だからね」

今思い返せば、リリアがさくらの姿を見るのはこれが初めてだ。ずっと声しか聞こえていなかったのだから当然だろう。むしろ、こうして直接会うことができるとは思ってもみなかった。

ふと、重たいものが背中からのしかかってきた。振り返り、ため息交じりに、自分に抱きついてきたさくらへと言う。

「重たいわよ」

「むむ！　重たくないよ！　その、できればこのままで。人肌恋しいといいますか……。だめ、かな？」

 上目遣いに聞いてくる。それでもリリアは拒絶しようとして、そしてふと思い至った。

さくらの声はいつも聞こえている。静かにしていても、呼べば応えてくれる。それはつまり、この場所にずっといるということだろう。

この桜以外は黒一色の世界に。たった一人で。

「仕方がないわね……」

そう思うと、無下にすることはできなくなった。いつも助けてくれるさくらがこんな場所に一人きりでいる。せめて自分がここにいる時ぐらいは、甘やかしてもいいだろう。

「ありがとう、リリア」

嬉しそうなさくらの声に、リリアも薄く微笑んだ。もし妹がいたとすれば、このような感覚なのだろうか。

こんなうるさい妹は御免被《ごめんこうむ》るが。

「ん？　リリア、今さらっと失礼なこと考えなかった？」

「さて、なんのことかしらね」

「んー……。ま、いいか。今はリリアを堪能《たんのう》しちゃう！」

許可をもらったためか、さくらは遠慮なくじゃれついてくる。妹というより犬か猫だな、と思いつつ、リリアはそれを受け入れた。

桜を見ながら。彼女には見えないように、優しげな微笑を浮かべて。

エピローグ

さくらはリリアを見送った後、桜の木にもたれかかった。リリアは眠りに落ちたわけではないので、すぐに目が覚めることだろう。それでも、意識が浮上するまで少しだけ時間はある。その間に、さくらは先ほどのリリアとの触れ合いを思い出していた。

さくらがここにいる時間を考えれば、本当に短い時間だった。それでも、さくらにとっては十分すぎるほどの時間だ。

初めてさくらの姿を見たリリアは、少し唖然とした様子でこちらのことをじっと見つめていた。どのような第一印象を持ったのかは分からないが、見られていたさくらからすると、今思い出しても気恥ずかしくなってしまう。

リリアにとって、さくらの姿は予想通りだったのか、それともまったく違ったものだったのか。さくらには分かるはずのないことだが、直接会ったことが原因で嫌われるようなことがなくて良かったと思う。

「楽しかったなあ……」

だらしなく相好《そうごう》を崩し、さくらは呟く。短い時間だったが、やはり直接会って話すというのは違うものだ。ずっとこの時間が続けばいいのに、と少し思ってしまうほどには楽しかった。

それに、何よりも。

「温かかった……」

この場所には温《ぬく》もりを感じられるものなど何もない。どれに触れても、温もりどころか冷たさもない、ただそこにあると分かるだけのものばかりだ。それだけに、リリアに触れていた時の温もりが忘れられない。

自分もかつては、あの温もりの中に……。

ふとそう思ったところで、さくらは顔をしかめた。思い出したくもないことを思い出してしまう。地面の冷たさを。死の、瞬間を。

思い出した瞬間、胸が苦しくなるほどの恐怖を覚え、自分の体を強く抱きしめた。その場にうずくまり、必死に楽しい思い出を探る。かつての生活や、そして先ほどの、リリアとの触れ合い。そうしていると、すぐにその恐怖の波は引いていった。

小さくため息をつき、立ち上がる。嫌な感覚ではあるが、忘れてはならないことを思い出させてくれる、必要なものだ。

忘れるな。見失うな。自分の目的を。

ゆっくりと、さくらは表情を歪めていく。

「あはは」

リリアとの時間を思い出し、楽しげに笑う。

「ひ、はは……」

目的を思い出し、愉しげに嗤う。

短くない時間を笑い続け、嗤い続ける。忘れないように、見失わないように。

そして、自分の心を誤魔化すために。

やがてリリアの意識が浮上する気配を感じて、さくらはその感情を心の奥深くへと沈めて隠した。

番外編　アルディス

アルディス公爵家の屋敷にあるケルビンの書斎に、リリアを除くアルディス家の全員が集まっていた。テーブルには湯気の立つカップが三つとジュースで満たされたコップが並び、ソファに座る者たちの前にそれぞれ置かれている。ケルビンとクロスが並んで座り、その向かい側にアーシャとテオが座っていた。

テーブルの上にはカップだけでなく、もういくつか、あるものがそれぞれの目の前に置かれている。封筒と便せんが一組ずつあり、そしてもう一つ、それぞれが違うものを目の前に置いていた。

「さて、では始めるとしようか」

ケルビンがそう声を発すると、クロスとテオが姿勢を正した。ケルビンを含むその三人は、真剣な面持ちでお互いを見ている。アーシャだけが面倒くさそうに、なおかつ不機嫌を隠さずにいた。ちらちらと三人がアーシャを窺い見る。アーシャはケルビンとクロスを睨み付けた。

「ねえ、ケルビン」

アーシャの声に、ケルビンがびくりと体を震わせる。恐る恐るといった様子で目を合わせるケルビンへと、アーシャは『笑顔』で言った。

「私は、どうして呼ばれたのでしょう?」

「いや、それは……」

「答えなさい」

「……っ！」

アーシャは魔導師ではあるが、あくまでそれだけだ。国を守る兵士や騎士ではない。それだというのに、いずれは将軍になるだろうと言われているクロスですら恐怖を覚えるほどの威圧感だ。クロスはそっと自分の父から少し離れた。

「クロス。自分は関係がないとでも思っているの？」

「いえまさかそんな！　これはただの遊びです！　ですから、母上、怒りをお鎮《しず》めください！」

クロスの懇願に、アーシャは公爵夫人にあるまじき大きな舌打ちをして、そっぽを向いた。ひとまずアーシャの怒りを回避できたことに二人が胸を撫で下ろす。アーシャはその二人を、静かに、冷めた目で見つめていた。

テオだけは今のやり取りの意味が分かっていないようで、不思議そうにしながらもコップに満たされたジュースを飲んでいた。

「では気を取り直して……」

ケルビンが言って、もう一度クロスとテオが姿勢を正す。ケルビンが続ける。

「発端《ほったん》は、クロスとの会話なのだがな」

どこか緊張の色のある声に、テオが小さく喉《のど》を鳴らした。

「そろそろ、はっきりさせようと思うのだ」

ケルビンがそれぞれの目をしっかりと見据える。ただしアーシャは避けて。

「誰が！　一番！　リリアに愛されているか！」

——馬鹿馬鹿しい。

思っても口には出さなかったアーシャは褒められてもいいのではないだろうか。

アルディスの男共、これにはテオも含まれるのだが、リリアのことを溺愛《できあい》している。リリアを甘やかすと彼女のためにならないとは分かっているようで、普段はむしろ厳しく接してはいるようだが、リリアの目がなくなればこの有様だ。

だがアーシャとしても、やはり自分の子供はかわいいものだ。故にこれを止めようとは思わない。ただ加わろうとも思えないので、暴走しないようにこうして見張るだけだ。

「分かりやすいところで、リリアからの贈り物を比較しよう。それを見れば、どれだけリリアに愛されているか分かるというものだろう？」

そう言ったケルビンが目の前に置いた物を手に取った。便せんと、白いカップだ。何の変哲もないカップのように見えるが、実は屋敷の中で最も値の張る物の一つだ。リリアが父のために選んだ物だ。

そういうことになっている。

「見ろ、このカップの美しさを。私に対するリリアの評価なのだろう。ふふ、まったく照れくさいな。ふふふ……」

——気持ち悪い。

自分の夫なのだが、この男が公爵で本当に大丈夫なのだろうか。国はこの男を追放するべきではないだろうか。陛下に進言してみるべきか？

「ん？　アーシャ、どうした？」

「いえ、何も……」

アーシャの頬が引きつっていることに気が付いたのだろう、ケルビンが首を傾げるが、しかしアーシャはそっと目を逸らしただけだった。

ケルビンには言っていないのだが、あのカップを選んだのはアーシャだ。

前回のケルビンの誕生日の前に、リリアを買い物に連れ出した。ケルビンへの贈り物を買うためだ。お父様のために何か選びなさい、とリリアへ言うと、リリアは面倒くさそうにしつつも言った。

――じゃあそれで。

リリアが示したものはアーシャが持っていたカップだ。アーシャは一瞬だけ絶句してしまったが、すぐに我に返ると、たまたま被《かぶ》ってしまっただけだろう、と自分を納得させてリリアへとそのカップを譲り、別の物を選んだ。

リリアからカップを受け取った時のケルビンは短く礼を言っただけで済ませていたが、リリアがいなくなりアーシャと二人きりになった時は狂喜乱舞していた。リリアに見せてやりたい、貴方の父は実は馬鹿なのですよと。

そのあまりの喜びように、アーシャも真実を伝えることができず、今に至るというわけだ。それを知るアーシャが自慢気に語るケルビンを見ると酷《ひど》く滑稽《こっけい》に見える。それでも、だからこそ話せないのだが。

ちなみに、後から何故あのカップだったのか聞いたところ、母が持っていたから、との分かりやすい答えだった。余計に言えない。

「そしてこれはその時に一緒に渡された手紙だ。リリアから、もらったものだ」

そう言ってケルビンが便せんを示す。ただし読ませるつもりはないらしい。

だがこれも、アーシャは中身を知っている。理由は単純で、アーシャが考えたものだからだ。

カップだけでは寂しいだろう、とリリアに書くように言ったところ、リリア曰く、何を書けばいいのか分からないとのことだった。仕方なくアーシャが例を挙げたのだが、リリアはそれをそのまま書いてしまったらしい。それを知った時は、我が娘ながら情けなく思ったものだ。

「なるほど、それは確かに羨ましいですね」

クロスが羨望《せんぼう》の眼差しをカップへと向ける。ケルビンは笑いながら、カップをクロスから遠い場所に置いた。

「ふふふ。そうだろう？　譲らんぞ」

「分かっておりますよ」

クロスが苦笑して、ケルビンが安堵のため息をついた。

「では私からはこちらです」

クロスが手に持ったそれはタオルで、色はやはり白。柔らかそうなその生地は一目で高級な物だと分かる。事実このタオルも、屋敷の中にある同種の物の中では最高級だ。

だが。ではなぜアーシャがこれを知っているかと言えば、やはり先ほどと、つまりはケルビンの時と同じなためだ。

誕生日の贈り物を買うためにリリアを連れ出し、アーシャが持っていたものをリリアが言うままに譲り、アーシャが別の物を選んだ。ケルビンの時と同じ流れだ。

そしてこれもやはりというべきか、クロスは知らない。リリアが選んだものと信じ切っている。

クロスもリリアに対しては厳しく接するようにしているために受け取る時は横柄《おうへい》な態度だったが、リリアがいなくなった後はとても機嫌良く鼻歌を歌っていたらしい。まさにケルビンの子だ。アルディス家の今後が不安になる。

「ほう……。とても柔らかそうなタオルだ。触ってもいいか？」

「だめに決まっているでしょう」

ケルビンが一瞬だけ動きを止め、ぎこちない笑みを浮かべてクロスを睨み付ける。クロスもそれを正面から受け止め、睨み返した。

「ほう？　父の頼みを、断ると？」

「ええ、お断りさせていただきます。何故貴方に、私がリリアからもらったタオルを触れさせないといけないのですか。汚れます」

「お前さすがにそれは私も傷つくぞ」

「失礼。つい本音が」

ケルビンの眉がぴくぴくと動き、クロスは冷たい笑顔でそれを見ている。緊張感が高まってくるが、その原因がリリアからの贈り物というくだらないものだ。呆れを通り越して笑えてくる。

一触即発のその空気は、しかしすぐに霧散することになる。

何かを叩く、軽い音が部屋に響く。ケルビンとクロスがその音の出どころを見る。アーシャの指が、テーブルを叩いていた。

ゆっくりと、しかしだんだんと速く。恐怖を煽《あお》るその音に、ケルビンとクロスはすぐに姿勢を正した。

「いや、なかなか良い物だった。うん。愛されているな、クロス」

「いやいや、父上の物も良い物でした。愛されていますね。羨ましいことです」

取り繕《とつく》ったような笑顔を浮かべる二人に、アーシャはこれ見よがしにため息をついた。

「テオ。早く終わらせましょう」

末弟へと告げると、テオは自分の番だと嬉しそうな笑顔になり、テーブルの上の物を手に取った。

それは、紙で作られた鳥だった。

「折り紙、か？」

「昔の賢者様が考案された遊びだったか。テオが作ったのか？」

父と兄の言葉に、テオは嬉しそうに言う。

「お姉様が作ってくれました！」

「なんだと⁉」

ケルビンとクロスが勢いよく立ち上がる。テオがにこにこと、楽しそうに続ける。

「お姉様が学園に戻る前に、お姉様の部屋に遊びに行ったんです。その時に、ちょっとだけお話をしてくれました。この鳥はその時に目の前で作ってくれたんです」

これにはケルビンやクロスだけでなく、アーシャも驚いた。リリアに折り紙の特技などなかったはずだ。いつの間に練習したのだろうか。

ケルビンとクロスの衝撃はアーシャとは違うものだ。テオがもらったものは、リリアの手作りの紙の鳥。そう、リリアの手作りだ。たとえそれがただの紙を使った安っぽいものだとしても、二人にとってその価値は自分たちがもらった高級品よりも勝《まさ》る。

二人の物欲しそうな目に、テオはにこやかに言った。

「宝物なのであげません」

「うぐ……」

「むう……」

二人が無念そうに唸る。自分の息子、弟に何を嫉妬しているのか。大丈夫なのかこの家の男共は。

「ちなみにこちらはお姉様に差し上げた肩たたき券と同じ物です！」

テオが手元に置いた紙を広げる。よく見ればそれは小さな紙片をいくつも並べたものだった。

「最近、お姉様は勉強ばっかりですから、疲れたら肩を叩いてあげたいなと！」

どうしよう、自分の息子が本気でかわいい。

思わずテオのその様子に癒《いや》されていると、どうやらケルビンとクロスも同じことを思っていたようで、頬を緩めていた。

「そうだな。リリアは最近、よく努力をしている。帰ってきたら、肩を叩いてあげなさい」

「はい！」

元気な返事に、二人がさらに表情を緩める。その二人へと、アーシャはため息交じりに言った。

「テオがこうして与えられるだけでなく姉を助けようとしているのに、貴方たち二人ときたら……」

「う……」

「リリアにより愛されているのはどちらかは分かりませんが、リリアを気遣っているのは間違いなくテオですね」

情けない、とアーシャが言えば、二人は気落ちしたように肩を落とし、静かになった。このまま一日静かにしていればいいと思う。

今日はこれで終わりだろう。アーシャはテオを促し、席を立つ。しかしそれをケルビンが止めた。

「待て、アーシャ。お前は何かないのか？」

「あったとしても自慢するものではありませんから。それに私は何ももらっていないし」

「そうなのですか？」

クロスが顔を上げる。その顔はどこか嬉しそうですらある。まるで、自分よりも下を見つけたような、そんな顔だ。不愉快に思い、仕方ないとアーシャは言った。

「もらっていませんね。だって、貰う必要もありませんから」

首を傾げる男二人に、アーシャは言った。

「だって、私はリリアと一緒にささやかながらお茶会を楽しんでいますから。貰う必要も、あげる必要もありません。あの子が戻ってくるたびに、二人きりで話ができますからね」

くすくすと、アーシャが笑う。アーシャのその笑顔を、男二人は愕然《がくぜん》とした表情で見ていた。

「私が誘えば、リリアは断ることなく応じてくれるのよ。一緒にお茶を飲んで、お菓子を食べて。本当に、楽しい時間です。ふふ、思い出しただけで気分が良くなるわ」

うっとりと、アーシャが言う。男二人は完全に呆けていた。その男二人へと、アーシャはとどめを刺すことにした。

「ねえ、ケルビン。クロス。確かに甘やかしてはいけないでしょう。けれど、厳しくしすぎてもいけないと思わない？」

意味が分からない、といった様子の二人に、アーシャは続ける。

「ケルビンは、まだ厳格な父親として見られているようだけど……。クロス、貴方、嫌われているとは言わないけれど、苦手意識は持たれているわよ」

「な……⁉」

クロスの表情が絶望に染まる。アーシャは妖艶《ようえん》に微笑みながら、踵を返した。

「そろそろお仕事をしなさいよ、二人とも」

そう言い残して、アーシャは部屋を後にした。


テオの手を引き、メイド長を引き連れてアーシャは歩く。向かう先はテラスで、テオと共にお茶を飲む予定だ。美味しい紅茶と菓子を楽しむ時間が、アーシャはとても好きだ。

歩きながら、アーシャは思う。

一方的に贈り物をもらうだけのケルビンとクロス。毎日、とは言わないが頻繁《ひんぱん》に二人きり、もしくはテオを含めての三人で言葉を交わすアーシャ。どちらがリリアに愛されているだろうか。

この言い方は正しくないとアーシャは思う。どちらが、一緒にいてより楽しいと思ってもらえるか。その点において、アーシャは間違いなく自分が一番だと断言できる。

そう。間違いなく、リリアが最も愛しているのは母である自分なのだ。

そう思っているアーシャは、自分が男二人と同じ穴の狢《むじな》だという自覚がある。しかしそれも悪くはない。二人と違い、より愛されているのは自分だと自信を持って言えるのだから。

「うふふふふ………」

楽しげな母の笑い声に、テオは首を傾げた。

「お母様、どうかされました？」

「ん？　何でもないわ。今日はとってもおきのお菓子を出してあげるわね」

「わあ！　楽しみです！」

テオが年相応の笑顔を浮かべ、アーシャは自然と頬を緩めた。


その親子のやり取りを見ていたメイド長は、書斎であったであろう会話も予想ができた。そしてアーシャが何を思っているかも手に取るように分かる。メイド長は笑顔を浮かべながらも、そっとため息をつき、思うのだ。

今日もアルディス家は平和です、と。


――ひっ……！

――ん？　どうしたの、リリア。急に震えて。

――今、何か背筋が寒くなったような……。気のせいよね？

――さあ……。気にしても仕方がないよ。それより勉強だー！

――そ、そうね……。そうしましょう。

おまけ話　嫌いの理由

――みぎゃああ！

頭の中で叫び声が聞こえ、リリアはわずかに顔をしかめた。聞き覚えのある悲鳴だ。視線を落とし、今食べていた物を見る。皿に盛られた料理には、小さく刻んだピーマンが入っていた。

――ピーマンの味なんてしないじゃない。

呆れたようにリリアが言うと、

――するよ……。リリア、ひどい……。

いつもの元気がない声に、リリアは内心で少し慌てる。皿を置くと、静かに食堂を後にした。

自室に戻ったリリアは、アリサに命じて果物を用意してもらう。そうして出された柑橘《かんきつ》系の果物を口に含むと、ようやくさくらは機嫌を直したようだった。

――はあ……。美味しい……。

小さく安堵の吐息を漏らし、果物をすべて食べ終える。さくらがもう少し食べたい、と珍しい要求をしてくるので、今回ぐらいはとアリサにもう一つ用意してもらった。

少しずつ、味わって食べ進めていく。そうしながら、リリアはさくらへと問う。

――どうしてそこまでピーマンが嫌いなのよ。

はぐらかされるだろうと思っていたのだが、さくらは少し考えるように黙った後、まあいいか、と頷いたようだった。

——昔の話なんだけどね。まだピーマンの形とか何も知らなかった頃なんだけど。テーブルに私の好きな果物が入ったかごの中に、ピーマンが入ってたんだよ。

さくらの説明では、リリアはいまいちはっきりとその光景を思い浮かべることはできない。さくらがリリアに取り憑く前の話なのだろうが、どういった生活をしていたのか。これは聞いても答えてくれはしないだろう。おとなしくさくらの話の続きを待つ。

——見たことないけど、きっとこれも果物だ、とか思っちゃったんだよ。それで、何の疑いもなく……。

——食べてしまった、と？

——ん……。大きくがぶりと食べました。とっても苦かったです。トラウマだよちくしょう！

その時のことを思い出したのか、さくらが妙な奇声を上げ始める。リリアはやれやれと首を振り、そして言った。

——予想以上にくだらなくて反応に困るわね。

——ひどい！　確かに私も今となってはこの程度って思うけど、それ以来食べられないんだよ。何度か克服しようとしてみたけど……。

今もピーマンを拒絶しているということは、失敗したということだろう。リリアは少し考えて、それなら、と提案を口にする。

——これからがんばりましょう。

——え？

——少しずつピーマンを食べていけば慣れるわよ。協力してあげるわ。

——ぜったいにやだ！　やめて！　本当にやめて！

予想以上の拒絶の言葉にリリアは一瞬呆気《あっけ》に取られたが、すぐに小さく苦笑を浮かべ、分かったわと肩をすくめた。未だ警戒しているようなさくらの気配に、リリアは笑いを堪えながら言う。

——でも少しの努力はしなさいよ。

——うぐ……。考えておく……。

消え入りそうなさくらの言葉に、リリアは思わず噴き出してしまった。

取り憑かれた公爵令嬢　1

＊本作は「小説家になろう」（http://syosetu.com/）に掲載されていた作品を、大幅に加筆修正したものとなります。

2016年3月20日　第一刷発行

著者 …… 龍翠

イラスト …… 文月路亜
発行者 …… 辻 政英
発行所 …… 株式会社フロンティアワークス
〒173-8561　東京都板橋区弥生町78-3
営業　TEL 03-3972-0346　FAX 03-3972-0344
アリアンローズ編集部公式サイト　http://www.arianrose.jp
編集 …… 末廣聖深
装丁デザイン …… ウエダデザイン室
印刷所 …… シナノ書籍印刷株式会社